MARC LEVY

En 2000, Marc Levy publie son premier roman *Et si c'était vrai...* Viennent ensuite *Où es-tu ?* (2001), *Sept jours pour une éternité...* (2003), *La Prochaine Fois* (2004), *Vous revoir* (2005), *Mes amis, Mes amours* (2006), *Les Enfants de la liberté* (2007), *Toutes ces choses qu'on ne s'est pas dites* (2008), *Le Premier Jour* et *La Première Nuit* (2009), *Le Voleur d'ombres* (2010), *L'Étrange Voyage de Monsieur Daldry* (2011), *Si c'était à refaire* (2012), *Un sentiment plus fort que la peur* (2013), *Une autre idée du bonheur* (2014), *Elle & Lui* (2015), *L'Horizon à l'envers* (2016), *La Dernière des Stanfield* (2017), *Une fille comme elle* (2018), *Ghost in Love* (2019), dans la série *9*, *C'est arrivé la nuit* (2020), *Le Crépuscule des fauves* (2021), *Noa* (2022), *Éteignez tout et la vie s'allume* (2022), et enfin son nouveau roman, *La Symphonie des monstres*, publié en 2023. Tous ses romans ont paru aux Éditions Robert Laffont/Versilio. Traduit dans le monde entier, adapté au cinéma, Marc Levy est depuis plus de vingt ans l'auteur français contemporain le plus lu dans le monde.

Retrouvez toute l'actualité de l'auteur sur :
www.marclevy.com

MARC LEVY

ÉTEIGNEZ TOUT ET LA VIE S'ALLUME

ROBERT LAFFONT | VERSILIO

Illustrations par Pauline Lévêque
www.paulineleveque.com
@paulinelevequelevy

ISBN : 978-2-266-33659-8
Dépôt légal : novembre 2023

« L'automne est un deuxième printemps où chaque feuille est une fleur. »

Albert Camus

ÉGALEMENT CHEZ POCKET

Et si c'était vrai...
Où es-tu ?
Sept jours pour une éternité...
La Prochaine Fois
Vous revoir
Mes amis, Mes amours
Les Enfants de la liberté
Toutes ces choses qu'on ne s'est pas dites
Le Premier Jour
La Première Nuit
Le Voleur d'ombres
L'Étrange Voyage de Monsieur Daldry
Si c'était à refaire
Un sentiment plus fort que la peur
Une autre idée du bonheur
Elle & Lui
L'Horizon à l'envers
La Dernière des Stanfield
Une fille comme elle
Ghost in love
C'est arrivé la nuit
Le Crépuscule des fauves
Noa
Éteignez tout et la vie s'allume

en bande-dessinée

Sept jours pour une éternité...

ÉTEIGNEZ TOUT
ET LA VIE S'ALLUME

À Susanna,
Mon amie et complice d'écriture depuis toujours.

1.

Jeremy se tenait debout face à l'océan. Quand la proue du navire plongeait dans la houle, il fléchissait légèrement les jambes, les mains fermement accrochées au bastingage. Un aplomb trompeur, car en vérité, Jeremy ne se sentait pas à l'aise. Il n'avait pas le mal de mer mais les regards insistants des passagers lui signifiaient qu'il n'avait pas sa place ici. Personne ne lui adressait la parole, pourtant on ne parlait que de lui. Des chuchotements dont il devinait parfaitement le sens. On le scrutait, raillant sa chevelure ébouriffée, ses épaules trop larges. On riait aussi de sa tenue. Seul un écervelé pouvait porter un costume, alors que des gerbes d'écume fouettaient le pont. On le moquait parce qu'il passait tout ce temps sur le pont, presque immobile, le regard fixé sur la ligne d'horizon, comme s'il guettait l'apparition d'une créature des mers prête à jaillir des flots. Lorsqu'une mer orageuse avait confiné les passagers dans leurs cabines, lui était resté là, à contempler la grâce de l'océan, les bleus et les verts changeant au bout du monde. Ces médisances n'affectaient en rien l'importance qu'il accordait à son voyage ni le plaisir d'accomplir un rêve. C'était peut-être pour cela que les autres se gaussaient, par jalousie. Combien d'entre eux pouvaient se targuer d'avoir accompli quelque chose d'aussi important, réaliser un rêve sans n'avoir rien quémandé à Dieu, rien volé à la vie ? Les autres passagers n'étaient là que par nécessité, pour se rendre d'un port à l'autre, alors que pour Jeremy le voyage comptait plus que la destination, même si celle-ci faisait aussi partie du rêve.

*

Les côtes avaient disparu dans le gris du matin. À midi, Jeremy avait presque oublié le périple qu'il avait enduré pour arriver à temps sur le quai. Depuis sa banlieue lointaine, il avait marché sans compter ses pas, le long de la route à quatre voies encore déserte à cette heure perdue entre deux mondes, là où la nuit se meurt et où le jour n'est pas né. Lorsqu'il avait franchi le vieux pont de Bigeley, avec son squelette de métal rouillé, il s'était arrêté pour reprendre des forces et regarder le fleuve. Un tronc entraîné par le courant glissait lentement vers l'estuaire, il arriverait avant lui et sans efforts, mais Jeremy vit en cet arbre mort un signe réconfortant, il avançait dans la bonne direction. Il avait ensuite longé les friches qui bordent la ville, des landes percées de marais saumâtres où se mêlent les relents d'une nature moisie. Le ciel se teintait de jaune, passant du pâle au safran au fur et à mesure que Jeremy remontait les avenues désertes, traînant sa longue silhouette devant des barres d'immeubles dont les fenêtres commençaient à s'éclairer. Puis vinrent les ombres noires des ormes dans des parcs silencieux, les devantures fermées des commerces, les tombes de cimetières endormis. En descendant vers le port, il avait salué des éboueurs, seules âmes croisées en chemin. Tout cela était désormais derrière lui, sa banlieue, son travail, et ses souvenirs.

❋

Face à l'océan qui s'étend jusqu'à la courbure du monde, Jeremy emplit ses poumons et retient ses larmes. Il n'a pas fui, il est seulement parti ; il ignore ce qui l'attend, mais, aussi fermement que ses mains s'accrochent au bastingage, il croit qu'une vie meilleure s'offre à lui. C'est la force de ceux qui ne craignent plus de rêver.

2.

Adèle Glimpse, le visage collé au hublot, observait ce personnage étrange, qui se tenait au même endroit depuis le début de la traversée. Un point qu'ils avaient en commun. Elle dans sa cabine, lui sur le pont. Le jeune homme avait l'air si seul, sans ami ni famille, peut-être même pas de pays. À quoi pouvait-il bien penser ? Adèle a cette curiosité d'imaginer la vie des gens qu'elle croise.

L'idée d'aller dîner en compagnie des autres passagers lui était insupportable, mais l'on ne servait pas de repas en cabine et elle avait une faim de loup. Elle choisit une tenue simple et discrète, renonça à se maquiller, elle n'avait aucune envie de plaire ; elle noua néanmoins ses cheveux en un chignon avant de sortir de sa cabine.

Elle verrouilla sa porte et remonta la coursive, songeant à son départ improvisé. La veille, elle avait trouvé une lettre dans le courrier du soir. Une enveloppe carrée bordée d'un filet gris. Adèle avait compris, elle avait tout de suite reconnu l'écriture manuscrite. Nul besoin de l'ouvrir pour savoir où se rendre, elle prendrait connaissance des détails plus tard. Sans réfléchir, elle avait glissé quelques affaires dans une valise et prévenu ses bureaux qu'elle s'absentait. Adèle avait préféré ne pas voyager en avion, il n'aurait pas voulu qu'elle arrive trop vite. L'attente faisait partie des règles qu'il lui avait apprises ; à condition d'y mettre les formes. Elle avait fait sa réservation au téléphone. Une chance, un bateau partait dès le lendemain matin, alors qu'il n'y en avait que deux par semaine, et il restait une cabine libre en première classe.

*

Au petit matin, elle avait coupé dans son jardin une rose qui n'était pas encore éclose. Elle la mettrait dans un vase une fois à bord. Il fallait qu'elle tienne bon jusqu'à destination, la rose, pas elle. Le taxi l'attendait devant sa porte. Lorsqu'elle était arrivée au port, il était encore trop tôt pour que le soleil perce la brume. Elle avait grimpé la passerelle, son petit bagage en main et s'était aussitôt enfermée dans sa cabine. Les passagers regroupés sur le pont guettaient le départ. Un rituel, alors que la corne rugit quand les amarres sont larguées.

Elle avait déjà vécu ce cérémonial, autrefois, dans un émerveillement impossible à revivre. Les souvenirs qui se conjuguent au présent engendrent une nostalgie.

Quand ils s'étaient quittés, il lui avait fait promettre d'être heureuse ou du moins de faire de son mieux pour l'être, même sans lui ; plus difficile encore, sans eux. Un défi. Mais elle s'était fait un devoir d'y parvenir et s'en était plutôt pas mal tirée jusque-là, occupant la plupart de son temps à s'intéresser aux autres, une façon remarquable d'arriver à ses fins. Ne dit-on pas s'oublier soi-même ?

Une méthode qui avait bien fonctionné avant que cette lettre lui impose une nouvelle épreuve. L'important était de ne pas rechuter. Adèle considérait qu'entretenir le malheur était une forme d'addiction. Aux Alcooliques anonymes, le sevrage se mesure en jours, en semaines, mois, années de sobriété. Il lui suffisait d'appliquer la même recette. Avancer pas à pas, récolter des jetons témoignant des étapes franchies. Jusqu'à ce jour, elle s'en était octroyé dix ; flancher si près du but, pour repartir à la case départ, aurait été un gâchis ; assister à la cérémonie du départ était tentant, mais trop risqué.

Que faisait ce jeune homme à bord ? Et pourquoi son visage lui semblait-il familier alors qu'elle était certaine de ne l'avoir jamais rencontré ? Cette pensée l'occupa pendant le dîner. Les conversations de ses voisins de table étaient sans intérêt. On parlait de prévisions météo, de politique, tout aussi prévisionnelle, de lieux de vacances, et, après que les entrées furent servies, on eut droit à l'énoncé des métiers respectifs. Adèle avait déjà deviné ce que chacun d'eux faisait dans la vie. Des convives terriblement prévisibles. Un comptable célibataire, flirtant avec l'ivresse, un avocat et son épouse encore plus fière que lui de leur situation, un couple de jeunes mariés, l'air égaré. Adèle aurait pu sympathiser avec la femme qui tenait un restaurant à Malbek, une jolie ville côtière qu'elle avait visitée deux ans plus tôt, mais elle n'avait pas envie de parler. Elle balaya la salle du regard, certaine que le jeune homme était toujours sur le pont. Se moquant des bonnes manières, elle attrapa deux petits pains dont elle fit des sandwichs avec les tranches du rôti auquel elle n'avait pas touché. Un peu de moutarde, et elle les glissa dans sa serviette.

— Des provisions pour la nuit ? s'amusa l'avocat.

Adèle esquissa un sourire poli, siffla son verre de vin et quitta la table.

Elle monta sur le pont supérieur, et avança sur la coursive vers l'endroit où elle l'avait vu la première fois. Elle ne s'était pas trompée, elle l'aperçut au loin, s'approcha de lui et s'accouda à la balustrade.

— Quelle est votre définition du bonheur ? demanda-t-elle.

Jeremy s'interrompit dans sa contemplation des flots et posa un regard sur le visage de l'inconnue qui s'était adressée à lui, se demandant si on l'avait envoyée dans le but de se moquer de lui. Son visage ne lui était pas tout à fait étranger, il l'avait remarquée au moment de l'embarquement, elle avait une allure qui détonnait. Elle portait une tenue discrète, comme si elle souhaitait passer inaperçue. Il émanait d'elle une élégance particulière, qui manquait cruellement aux voyageurs qui avaient emprunté la passerelle des premières classes.

Le père de Jeremy, tailleur de son métier, répétait souvent à son fils que l'élégance ne résidait pas dans les vêtements que l'on porte, mais dans la façon dont on habille son âme. Il se plaisait à donner son meilleur client en exemple, le vieux Tom, qui dépensait des fortunes dans des tissus luxueux, mais dont le plus beau tweed du monde ne ferait jamais un lord.

Pourquoi était-elle venue à sa rencontre ? Il fronça les sourcils et évalua la situation. Elle était montée à bord seule et elle lui paraissait trop singulière pour se prêter à un mauvais jeu.

— Le bonheur, je ne cours pas après, répondit-il.

— Ça, je n'en doute pas, je n'ai jamais vu quelqu'un capable de rester aussi longtemps au même endroit sans bouger. Tu comptes passer toute la nuit sur le pont ?

— J'ignore pourquoi, mais je ne pense pas être le bienvenu à l'intérieur. Peut-être que ma tête ne leur revient pas.

— Ta tête n'y est pour rien, affirma-t-elle. Mais si tu ne voyages pas en première classe, tu te trouves au mauvais endroit, ce qui dérange ceux qui ont payé un supplément pour s'offrir l'illusion d'un luxe sur ce navire miteux.

— J'ai pris le billet le moins cher, j'ignorais que ce pont était réservé à certaines personnes, je ne pensais pas à mal.

La proue du bateau plongea brusquement dans le creux d'une vague. Surprise, Adèle perdit l'équilibre. Jeremy la rattrapa de justesse, avec l'agilité d'un danseur qui aurait saisi sa partenaire dans un grand jeté avant de la déposer délicatement au sol. Troublée, elle le remercia et se retint à la balustrade alors que le navire tanguait à nouveau.

— Cette traversée, c'est un départ ou un retour ? questionna-t-elle.

— Et pour vous ?

— Un départ… et un retour. Je me rends à un enterrement.

— Désolé. Quelqu'un dont vous étiez proche ? … Question idiote, sinon vous n'auriez pas fait ce voyage.

— L'imparfait convient très bien à notre situation ; il l'était, mais plus depuis longtemps.

— Pourquoi ?

— Parce qu'il en est parfois ainsi lorsqu'un amour est trop fort. Je suppose que la vie ne supporte pas qu'il disparaisse et elle nous fait payer le prix pour avoir négligé ce qu'elle nous avait offert. Le destin n'est rien d'autre que la somme des choix que l'on fait.

— Facile à dire, on n'a pas toujours le choix. Certains ne l'ont même jamais.

— Je crois que si, mais nous ne sommes pas obligés d'être d'accord.

Un silence s'installa. Adèle releva la tête. Pas une étoile en vue. Une pluie fine se mit à tomber.

— Qu'est-ce que tu regardes ainsi ?

— L'océan, que voulez-vous que je regarde d'autre. C'est parce qu'il est immense qu'il nous fait peur. Il nous rappelle combien nous sommes petits. Même le type le plus important du monde est minuscule face à l'océan.

— Tu dois avoir faim, c'est tout ce que j'ai trouvé, dit-elle en sortant la serviette de sa poche.

Jeremy la remercia et dévora les deux petits sandwichs.

À quelques milles de là, un éclair dans la nuit stria le ciel, puis un autre qui sembla plus proche que le précédent.

— Nous allons traverser un orage. Si nous ne rentrons pas, nous serons trempés, dit-elle.

Jeremy haussa les épaules et releva le col de sa veste, l'air résolu, comme si l'espace à l'intérieur du bateau lui était interdit. Le navire avançait dans la direction des éclairs, le tonnerre résonna par deux fois, et la pluie devint torrentielle. Adèle se cramponna au bastingage, la proue du navire se cabrait avant de plonger lourdement dans les vagues, soulevant des gerbes d'écume.

Cette fois encore, elle avait eu raison, ils étaient trempés. Les cheveux bouclés de Jeremy se plaquaient contre son front, il les chassa sur le côté. Pluie et mer ruisselaient sur leur visage. Adèle fut saisie par le froid, mais en vérité, elle s'amusait beaucoup à ce jeu de montagnes russes. Elle se souvint soudain d'un soir lointain, dans une fête foraine. L'homme qu'elle aimait, et qui l'aimait, l'avait entraînée sur des manèges infernaux. Elle n'avait jamais eu peur en sa compagnie. Ne pas avoir peur était en soi une ivresse, et elle riait aux éclats.

Certains souvenirs la mettaient en danger ; elle se rappela sa promesse, posa sa main sur celle de Jeremy, serra ses doigts sur les siens et lança d'une voix sèche qu'elle ne pouvait pas rester là plus longtemps.

— Vous craignez la foudre ? Aucun danger sur le bateau.

— J'ai toujours aimé le danger, mais je crains les éclairs de ma mémoire, répondit-elle.

Elle se dirigea vers la porte de la coursive et attendit qu'il se décide.

— Je ne peux pas te laisser seul sur ce pont par un temps pareil, ne me demande pas pourquoi, c'est plus fort que moi. Et pour être honnête, je ne me sens pas très bien.

Elle se frotta les épaules, grelottant d'une manière un peu exagérée pour le convaincre. Jeremy choisit de la suivre.

— Et pour vous, c'est quoi la définition du bonheur ? demanda-t-il devant sa cabine.

Elle le fit entrer et lui montra le fauteuil près du hublot.

— Aimer et être aimée, répondit-elle en lui lançant une serviette.

Jeremy essuya ses mains, puis son visage et replia le linge.

— Vous êtes heureuse ?
— C'est une question intime et nous ne le sommes pas assez pour que j'y réponde.

Elle s'agenouilla devant sa valise, en sortit une chemise blanche impeccablement repassée et la posa sur le lit.

— Ôte ta veste et suspends-la à un cintre, tu en trouveras dans la penderie.
— C'est une chemise d'homme… à qui elle appartient ? demanda Jeremy.
— Tu poses trop de questions ; fais ce que je te dis, sinon tu vas attraper froid. Je vais me changer dans la salle de bains, enfin si on peut appeler cela une salle de bains.

Elle se rendit dans le petit cabinet de toilette, laissant Jeremy dans la chambre de sa cabine. Devant la vasque, elle se regarda dans le miroir.

— À jouer avec le feu, tu vas finir par te brûler, murmura-t-elle à son reflet.

Elle ôta ses vêtements, se frictionna les cheveux, la nuque et la poitrine, enfila un peignoir et s'observa encore.

La femme dans le miroir lui était étrangère. Quand elle ne se voyait pas, elle s'imaginait bien plus jeune, les années n'avaient rien changé à son appétit de vivre, d'aimer, de jouir et de rire. Bien sûr, arrivent des paliers de la vie où le regard s'égare sur des corps interdits, mais dans les promesses d'aventures que l'on garde pour soi, rien n'est impossible. Le cœur ne vieillit pas. En tout cas, pas le sien.

— Tu préférerais que je me brûle, plutôt que je me consume lentement ? lâcha-t-elle à son reflet.

Elle passa sa main sur la glace pour effacer la buée ; elle aurait aimé pouvoir la traverser, remonter le temps. Du temps, il lui en restait encore, la question était ce qu'elle en ferait. Et pour commencer, que faire avec ce jeune homme ? Le chasser, et il retournerait affronter l'orage. Pourquoi s'obstinait-il à rester dehors ? La réponse lui parut évidente, il lui avait confié avoir acheté le billet le moins cher et le seul endroit où il aurait pu se mettre à l'abri était auprès des passagers de troisième classe. Dans une cale où régnaient la promiscuité et des odeurs de mazout insoutenables. Lors de sa première traversée, elle aussi s'était réfugiée sur le pont.

*

C'était au cours de cette nuit-là qu'ils s'étaient rencontrés. Elle, accoudée à la balustrade, lui, fumant une cigarette qu'il avait jetée dans les eaux noires au moment précis où il lui avait demandé sa définition du bonheur. Quand elle lui avait retourné la question, il avait répondu « aimer et être aimé ».

*

Elle noua ses cheveux et sortit du cabinet de toilette. Jeremy était affalé dans le fauteuil, les bras ballants, la tête de côté, dormant d'un sommeil profond. Elle s'approcha sans bruit, le recouvrit d'une couverture avant de se glisser sous ses draps et d'éteindre la lumière. Elle aviserait demain, même si la nuit ne lui avait jamais porté conseil ; elle détestait prendre des décisions ; faire un choix, c'est toujours renoncer à quelque chose ou à quelqu'un.

3.

Le jour passait à travers le voile tiré sur le hublot. Adèle ouvrit les yeux, Jeremy dormait encore. Depuis combien de temps n'avait-elle pas regardé un homme dormir ? Un privilège offert à ceux qui s'aiment. À vivre trop longtemps ensemble, on finit parfois par l'oublier, et le lit n'est plus qu'un lieu où l'on se côtoie dans deux mondes distincts où la nuit vous emporte.

Avec Gianni, l'émotion de se retrouver au matin ne s'était jamais tarie. Elle aimait ce moment partagé avant que la journée ne les sépare, la promesse silencieuse de se retrouver le soir. Gianni se réveillait souvent le premier, pour la regarder. Abandonnée dans son sommeil, elle était à lui et à lui seul.

Des yeux, Adèle fixait Jeremy, parcourait sa peau, glissait le long de sa nuque, descendait sur son torse, son ventre, son sexe. L'embrasser, attendre qu'il s'éveille, que monte son désir, qu'il se redresse, la prenne et que l'étreinte dure.

Gianni était un amant remarquable, il l'aimait sans retenue ; leur façon de faire l'amour était la plus sincère des confidences ; dans ses bras, elle en venait presque à aimer son propre corps. Elle avait vingt ans, même quand elle en avait trente, et elle avait toujours vingt ans quand elle en avait quarante. Gianni l'aimait et c'était tout ce qui comptait. Avec lui, elle n'avait pas peur de changer, au contraire, changer était la promesse de continuer d'écrire ensemble leur histoire. Les amants sont des écrivains, clamait-il, leur encre c'est la vie, leur papier c'est la peau, les amants inventent une histoire qu'ils seront seuls à lire. S'aimer, c'est toucher au divin, tu ne crois pas ? Adèle le croyait avec ferveur.

Observer aussi impudiquement cet inconnu, ressentir un désir qu'elle croyait disparu… elle en avait presque rougi. Jeremy ouvrit les yeux, se demandant un court instant où il était. Puis il se souvint qu'il naviguait en plein océan et qu'il avait passé la nuit dans la cabine d'une inconnue. Il s'étira, et se redressa, sa gêne était visible.

— Quelle heure est-il ? demanda-t-il.

— C'est important ? répondit-elle.

— Je suis désolé de m'être imposé, je n'avais pas dormi depuis longtemps.

— Si j'avais voulu que tu t'en ailles, je t'aurais réveillé. Tu as faim ? Va te doucher et allons prendre un bon petit déjeuner. Je doute qu'il y ait une salle à manger en troisième classe… Pardon, se reprit-elle, je ne voulais pas être blessante. Tu vois, il est beaucoup trop tôt pour parler. Il faudrait que je t'apprenne l'importance des silences du matin, cela évite de dire des choses que l'on regrette ensuite.

— Quel genre de choses ? questionna Jeremy intrigué.

— Discuter de projets d'avenir, comme si l'on craignait que l'autre disparaisse. Alors que c'est le meilleur moyen de le faire fuir. Tu ne crois pas ?

— Vous êtes étrange, lâcha Jeremy en se levant du fauteuil.

— Toi aussi, tu es étrange, heureusement d'ailleurs, sinon tu serais ennuyeux. Et si un homme est ennuyeux, c'est qu'il s'ennuie avec vous, et donc que vous aussi êtes ennuyeuse. Tu vois, tu me fais trop parler, allez file, j'ai faim.

Jeremy haussa les épaules et traîna le pas jusqu'à la salle de bains. Adèle se leva à son tour, enfila une jupe longue et un haut en soie, puis se déshabilla aussitôt, essaya une jupe mi-longue et un cardigan. Elle entendit la douche couler, elle avait encore le temps de changer d'avis. Elle opta finalement pour un pull marin et un pantalon qui lui allaient parfaitement. Elle passa la main dans ses cheveux, tira le rideau pour se regarder dans le reflet du hublot et ne se jugea pas si mal. Quand Jeremy réapparut, elle le trouva plus beau que la veille, dans la chemise blanche qu'elle lui avait donnée.

Lorsque Gianni sortait de la salle de bains, il était toujours élégant quoi qu'il puisse porter. Il le savait, en tout cas, il le devinait dans le regard d'Adèle, et qu'elle le regarde ainsi le rendait heureux ; le bonheur tient à très peu de choses.

Dans la coursive, Jeremy ne dit pas un mot, et il resta tout aussi silencieux en entrant dans la salle à manger.

— Je n'ai pas le droit d'être ici, chuchota-t-il.

— Un repas volé ne mettra pas cette compagnie en faillite. Jouons le jeu, c'est amusant de resquiller, ça ouvre l'appétit, expliqua Adèle en avançant vers une table.

Debout devant sa chaise, elle attendait qu'il la recule pour qu'elle puisse s'asseoir et comme il semblait ne pas comprendre, elle lui indiqua d'un geste de la tête ce qu'il était censé faire. Jeremy se précipita, elle le remercia, et l'invita à s'asseoir à côté d'elle.

— À ton âge, je ne me sentais nulle part à ma place, ce n'était pas facile à vivre. Et puis un jour, cet être cher que nous évoquions hier m'a fait comprendre que ce n'était pas moi mais ceux qui me jugeaient qui n'étaient pas à leur place.

Jeremy s'empara de la carte posée sur la table, intrigué par ce qu'il y découvrait. Il n'avait pas la moindre idée de ce qu'étaient un kouglof, une madeleine marbrée, ou même un mimosa. Adèle toussota et il s'empressa de lui tendre la carte.

L'avocat et son épouse attendaient leur tour devant le buffet, ils repérèrent Adèle et lui firent un signe de la main.

— Vous les connaissez ? demanda Jeremy.

— Non, nous avons simplement dîné à la même table, mais eux doivent penser qu'ils me connaissent. Ils pourraient profiter du voyage pour élargir leur horizon, rencontrer le plus de personnes possible, mais je suis prête à parier qu'ils vont venir nous coller. C'est absurde de s'enfermer dans les habitudes. Certaines peuvent être délicieuses, mais c'est assez rare.

— Vous au moins, vous n'avez pas peur des contradictions.

— Non… Mais pourquoi dis-tu cela ?

— Pour quelqu'un qui prétend aimer le silence le matin…

— Tu me trouves trop bavarde ? C'est que je n'ai pas parlé depuis très longtemps… enfin, de ces choses-là. Tu vois, j'avais raison, ils viennent vers nous. Prépare-toi, ils vont nous assaillir de questions.

— Vous n'avez pas parlé de quoi, depuis si longtemps ?

— J'ai une idée pour leur échapper : allons nous servir au buffet, dit-elle en se levant.

Jeremy, renonçant à la carte qui l'avait fait rêver, la suivit à regret. Amusée, elle le regarda garnir son assiette comme s'il n'avait rien mangé depuis plusieurs jours, mais cette pensée cessa de l'amuser quand elle comprit qu'il était fort possible qu'il n'ait rien avalé depuis plusieurs jours.

De retour à leur table, Jeremy ne toucha pourtant pas à son assiette. Une pique de son voisin sur son petit déjeuner bien trop copieux lui avait coupé l'appétit. Ses efforts pour cacher son humiliation lui donnaient l'air d'un garçon pris en faute. Adèle toisa l'auteur de la boutade, un romancier à la réputation surfaite.

— La gourmandise d'un homme le rend follement sensuel lorsqu'elle est assumée, clama-t-elle. C'est tout le contraire chez celui qui se prive et souffre au point de jalouser ceux qui profitent de la vie…

L'écrivain qui avait voulu plaire blêmit, l'avocat sourit, son épouse essuya délicatement ses lèvres avec sa serviette, faisant mine de n'avoir rien entendu. Elle s'empressa de changer de sujet, interrogeant le directeur d'une banque sur les perspectives économiques. Un médecin, plutôt jovial, s'efforçait de suivre la conversation. Adèle se pencha à l'oreille de Jeremy pour lui souffler l'idée d'un nouveau jeu. Imaginer les travers de chacun des convives, deviner leurs petits secrets. Jeremy retrouva le sourire lorsqu'elle lui chuchota que la femme de l'avocat avait un amant, que l'écrivain aimait les hommes et que sa remarque n'avait d'autre but que d'entamer la conversation avec lui. Qui aime bien châtie bien.

— Après tout, enchaîna-t-elle, pourquoi devrions-nous redouter d'être différents ? Et surtout, pourquoi laisser aux autres s'arroger le droit de définir la norme ?

— Parce que ce qui me rend différent d'eux est évident, grommela Jeremy. Ils savent que je ne suis pas un passager de première classe.

— Et tu penses vraiment que c'est ce qui les gêne le plus ? N'y vois aucune prétention de ma part, mais je pense que c'est moi qui les dérange.

Ils se demandent ce qu'une femme comme moi fait avec un homme aussi élégant que toi.

— Vous aussi, vous vous moquez de moi ?

— Si tu le penses, c'est que tu ignores qui tu es, et cela fait tout ton charme. Tu le comprendras plus tard.

— Et d'après vous, je suis qui ?

— Un homme en devenir.

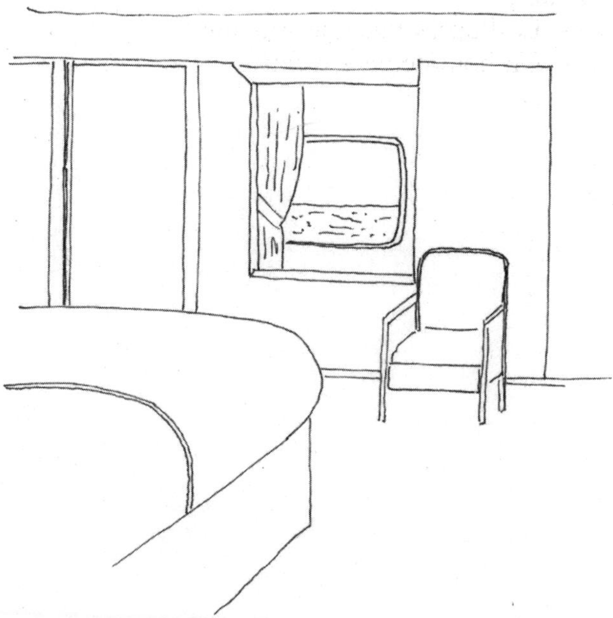

4.

Après le petit déjeuner, Adèle dit à Jeremy qu'elle avait besoin de passer un peu de temps seule.

— Tu devrais te promener, prendre l'air. La journée est radieuse, je te retrouverai plus tard sur le pont, devant mon hublot.

— Vraiment ? Je croyais que vous détestiez les habitudes.

Adèle fit une moue amusée.

— Tu l'as dit, je suis pleine de contradictions.

Sur ces mots, elle se retira. De retour dans sa cabine, elle se résolut à y mettre un peu d'ordre. Puis elle s'installa sur le fauteuil où Jeremy avait dormi et décacheta la lettre reçue la veille de son départ. Elle lut la première phrase :

Il n'a cessé de vous attendre.

Elle replia la feuille et la remit dans son enveloppe.

Une heure s'était écoulée, peut-être deux ; Adèle tira le rideau, il n'y avait personne de l'autre côté du hublot. Elle sortit de sa cabine et parcourut le pont à la recherche de Jeremy. Revenue à son point de départ, elle songea que s'il avait écouté son conseil et marchait dans le même sens qu'elle, ils pourraient passer la journée à se promener sans se croiser. Elle rebroussa chemin et effectua deux autres tours complets, obligée de saluer à nouveau les passagers qu'elle avait déjà rencontrés. À midi, toujours pas de Jeremy. Elle passa son déjeuner les yeux rivés sur la porte de la salle à manger, même si elle était certaine qu'il ne s'y aventurerait pas sans elle. Le médecin s'enquit de l'état de son ami, ajoutant qu'il ne l'avait pas trouvé très en forme au petit déjeuner. Adèle quitta la table. La conversation la barbait et ce fut la phrase de trop.

Elle poursuivit ses recherches sur le pont inférieur, sans succès, et s'aventura jusque dans la cale. Elle croisa plusieurs membres d'équipage, en reconnut certains qui servaient en salle et leur demanda s'ils avaient vu le jeune homme qui était en sa compagnie au petit déjeuner. Aucun d'eux n'avait aperçu Jeremy.

En début d'après-midi, elle se rendit à l'évidence, son mystérieux voyageur avait disparu, ou, tout du moins, il lui avait faussé compagnie.

Adèle passa les deux jours et les deux nuits suivants seule. Demeurant la plupart du temps dans sa cabine où elle lisait. Aux heures douces du matin et du soir, elle sortait sur le pont, s'installait devant son hublot et admirait l'océan. Elle changea de table à la salle à manger et ses nouveaux voisins n'entendirent jamais le son de sa voix. Elle y emportait sa lecture, ceux qui tentèrent de l'en soustraire pour lui faire la conversation comprirent vite que c'était peine perdue et finirent par l'ignorer.

Quand la corne de brume annonça la fin de la traversée, les passagers se pressèrent sur le pont pour assister aux manœuvres d'accostage. Adèle attendit que tous soient descendus. Avant de quitter sa cabine, elle jeta un dernier regard sur le fauteuil où avait dormi Jeremy, et sourit.

❋

La ville lui apparut presque aussi belle que dans ses souvenirs. Les murs avaient la couleur orangée du matin. Dans une heure, les maisons retrouveraient leur blancheur éclatante. Un jour, Adèle avait demandé à Gianni si les habitants les repeignaient chaque année pour qu'elles soient aussi immaculées. Pour le savoir, avait-il répondu, il suffisait de les interroger… ce qu'ils n'avaient jamais fait.

Quand elle arriva sur la petite place centrale, elle admira les tilleuls en pleine floraison parés de leurs floches jaunes. Le parfum des jasmins sauvages qui grimpaient jusqu'aux tuiles ocre était enivrant. Elle traîna son petit bagage jusqu'à la maison d'hôte où elle avait dormi jadis. L'endroit n'avait pas changé, ou si peu. Le perroquet en porcelaine posé sur le comptoir accueillait toujours les visiteurs, mais la propriétaire des lieux n'était plus là pour la recevoir.

Lors de son premier séjour, Rita lui adressait à peine la parole. À force de patience, Adèle avait fini par l'amadouer, à moins que ce ne soit le charme de Gianni. Rita l'impressionnait beaucoup. C'était une femme de petite taille, dotée d'une grande personnalité. Pour cacher les talons de ses bottines, qui lui faisaient gagner quelques centimètres, elle portait de longues jupes, outrageusement colorées ; elle se maquillait avec presque autant d'exagération. Elle ne cherchait pas à séduire, c'était même plutôt le contraire. Une femme de caractère, disait Gianni, bon ou mauvais, selon les jours. Un mois de silences et de regards en coin, et Rita avait fini par accepter Adèle. Il leur arrivait même certains soirs de jouer aux cartes en buvant du mezcal.

La jeune femme qui l'accueillait aujourd'hui derrière le comptoir, bien que plus discrète, lui ressemblait. Un soir d'ivresse, Rita avait confié à Adèle que sa seule grande histoire d'amour avait été un malheur. Elle n'avait jamais évoqué d'enfant et Adèle n'en avait jamais vu dans la maison. La jeune femme était peut-être sa nièce ? Elle ne voulut pas l'interroger, ni même savoir ce qu'il était advenu de Rita.

En effectuant sa réservation, elle imaginait que la chambre qu'elle habitait autrefois serait déjà occupée, mais la chance lui avait à nouveau souri. Ce n'était pas encore la saison où les touristes envahissaient la ville. Lorsqu'elle entra dans la pièce, elle n'éprouva pas la nostalgie qu'elle avait redoutée. Pas même lorsqu'elle s'approcha du bureau devant la fenêtre, là où Gianni s'installait la nuit pour corriger des épreuves, écrire ou réécrire des textes. Elle s'allongea sur le lit et regarda la chaise vide, imaginant sa silhouette penchée sur une feuille. Elle aimait sa nuque, ses épaules, son dos, ces gestes souples qui l'animaient lorsqu'au crayon bleu ou rouge, il soulignait une phrase, en raturait une autre, parfois presque en colère, lorsqu'elle devinait son sourire ou l'entendait soupirer. Elle l'interrompait souvent dans son travail alors que la nuit les enveloppait. Elle faisait glisser sa chemise de nuit à ses pieds et l'entourait de ses bras pour réveiller en lui le désir qui l'arracherait à son travail. Lorsqu'ils avaient fait l'amour, elle lui promettait de ne plus le déranger jusqu'au matin. Gianni ouvrait la fenêtre, allumait une cigarette et retournait s'asseoir à sa table ; le crissement du crayon sur le papier la berçait.

Gianni dormait peu, elle encore moins. Dès que le jour la tirait du lit, elle se levait sans faire de bruit, comptait les mégots dans le cendrier et en déduisait l'heure à laquelle il s'était couché. Si le cendrier était plein, elle lui écrivait un petit mot et le laissait dormir. Elle allait prendre son petit déjeuner dans le patio avant de regagner son atelier.

❋

À l'aube de ses vingt ans, Adèle rêvait de grands voyages, mais les seules villes qu'elle visitait lui apparaissaient au cinéma, lors de séances qui lui coûtaient une journée de travail. Elle avait déjà son diplôme, mais ne trouvait que des emplois à la journée, parfois à la semaine. Adèle avait de l'amour à revendre et personne à qui l'offrir. Elle valait mieux que ceux qui la côtoyaient sans la voir, ceux qui la prenaient sans l'aimer, mieux aussi que ceux qui l'employaient à l'atelier. Pas un, mais cent matins elle s'était répété que son salut l'attendait ailleurs, sans pour autant savoir où.

À l'aube de ses vingt ans, Adèle s'en voulait de n'avoir encore rien fait de sa vie. Elle avait le don des commencements mais ce qu'elle entreprenait ne s'inscrivait jamais dans la durée. Elle s'était initiée à la guitare, à la danse, avait suivi des cours de théâtre ; elle savait gratter quelques accords, elle bougeait avec grâce, mais sans technique et elle n'était jamais montée sur scène. Ses flirts aussi étaient sans lendemains. Elle avait l'impression d'avoir tout raté et n'avait pas à ses côtés un adulte suffisamment bienveillant pour lui expliquer que commencer les choses est un trait de la jeunesse, une qualité, même. Sinon comment découvrir ce que l'on aime et ce que l'on n'aime pas ? Si sa mère ne l'avait pas laissée pour partir s'installer sur un autre continent, elle lui aurait peut-être conseillé d'essayer encore bien d'autres choses.

Un soir, en sortant du cinéma, Adèle était allée se promener sur le port. Un paquebot était à quai, prêt à prendre le large au lever du jour. Elle aussi se sentait prête à prendre le large. Elle avait passé un long moment à observer cette masse, comme on dévisage un être qui vous fascine sans oser l'approcher. Avant que naisse l'aube, admirant l'agitation le long des coursives où se pressait l'équipage, elle avait eu l'impression d'assister aux dernières répétitions d'un grand ballet, à quelques heures de la générale. Une fois encore, elle s'était laissé emporter par ses rêves, bien plus présents qu'au cinéma. En lieu et place d'une salle noire et de son grand écran, les lumières d'un grand navire qu'elle pouvait presque toucher se découpaient dans la nuit. Alors elle s'était avancée jusqu'au bas de la passerelle déserte.

Un homme en bleu de travail s'était approché pour fumer sa cigarette, en silence. Comme elle, il écoutait le clapotis de l'eau qui se frayait un chemin entre le quai et la coque. Une musique lancinante que chante la mer quand elle est calme. Après sa dernière bouffée, l'homme avait jeté son mégot dans l'eau et lui avait confié qu'il lui arrivait aussi de rester là comme un idiot à regarder ce géant, sans trop savoir pourquoi. Puis, d'un air goguenard, il avait ajouté qu'elle devait être sacrément pressée de partir, parce que l'embarquement ne commencerait pas avant longtemps. Elle n'avait aucun bagage, et encore moins l'allure de quelqu'un qui s'en va, mais le marin avait lu dans ses yeux l'irrésistible envie d'un grand voyage. Alors il lui avait appris qu'on ne contrôlait les billets des passagers de troisième classe qu'au moment où ils montaient à bord et, justement à cette heure-ci, il n'y avait personne pour contrôler. Seule une chaîne barrait l'accès à la passerelle. D'ailleurs, il allait l'ôter le temps de regagner son poste dans la salle des machines qui se trouvait près de la grande salle où voyageaient les troisièmes classes. L'endroit n'était pas très confortable, on dormait sur une banquette en bois quand on trouvait une place, mais la traversée ne durait que trois jours et la nourriture était acceptable. Après, c'était le grand soleil.

Partir sans bagages, déambuler dans les rues d'une ville inconnue sous un grand soleil, c'était bien assez pour qu'elle se décide. Elle avait ouvert son sac et compté l'argent qu'il lui restait. De quoi tenir quelques jours. Le mécanicien l'avait guidée vers le pont inférieur et lui avait montré un réduit où se cacher jusqu'au départ, puis il avait regagné la salle des machines.

C'était fou de faire ça. Mais si on n'est pas fou à vingt ans, on ne le sera jamais et c'est bien dommage. D'autant plus dommage que si elle n'avait pas commis cette folie, elle n'aurait jamais rencontré celui qui, à son tour, s'était approché d'elle en fumant une cigarette.

À cette époque, Gianni travaillait pour le compte d'un éditeur d'art. Chaque mois, il effectuait la traversée pour aller photographier des dessins et sérigraphies d'Antonio Saura. Il faisait le voyage régulièrement, car il arrivait à l'artiste de détruire son travail sans prévenir. L'idée de lui demander d'illustrer les textes de Cervantès lui était venue l'année précédente, et il avait d'abord dû convaincre son employeur. Personne ne pouvait résister à Gianni quand il avait décidé quelque chose, mais son patron était coriace et Gianni avait insisté de longs mois avant d'obtenir son accord. Son avenir professionnel dépendait de la réussite ou de l'échec de ce projet. Ce jour-là, en embarquant sur le paquebot, Gianni était heureux. Depuis sa dernière visite, l'artiste avait été prolifique et pour la première fois, il avait accepté de lui confier des originaux. Peut-être pour les protéger de ses démons, sentant venir l'envie de les faire disparaître. Gianni rapportait dans ses cartons de quoi finir l'ouvrage et, si son livre avait la chance de rencontrer le succès, une raison d'obtenir la direction d'une collection qu'il rêvait de créer. Le premier soir de la traversée, Gianni avait étalé sur son lit les textes qu'il avait préalablement découpés afin de les coller sous les illustrations. La maquette était son œuvre et il la fabriquait entièrement à la main, muni de ciseaux, d'une règle et d'une colle spéciale qui lui donnait la possibilité de rectifier son travail. Quand le livre commençait à prendre forme, Gianni ressentait une joie immense, ébloui d'être le premier à en tourner les pages.

Fatigué par une longue journée, il s'était redressé pour s'étirer, et avait jeté un œil par le hublot. Il avait aperçu une jeune femme, de dos, qui semblait scruter la ligne d'horizon perdue dans la nuit noire qui recouvrait l'océan. Intrigué par sa solitude, il était sorti sur le pont griller une cigarette. C'était un soir de décembre et, en pleine mer, le froid sévissait durement. Gianni avait quarante-cinq ans, elle devait en avoir à peine vingt. Elle grelottait. Alors il avait ôté son manteau pour le poser sur ses épaules, sans un mot. Elle s'était retournée et l'avait regardé en silence. Elle était sans conteste la plus belle femme qu'il avait vue de sa vie. À compter de cette nuit d'hiver où leurs regards s'étaient croisés, les livres d'art qui le rendaient si heureux eurent soudain moins d'importance. En réalité, plus rien n'avait eu d'importance dans la vie de Gianni que cette femme à laquelle il avait demandé sa définition du bonheur.

5.

Adèle avait dîné dans le jardin de la maison d'hôte. Autrefois, on n'y servait que le petit déjeuner, mais la clientèle de touristes avait dû faire évoluer les choses. Elle avait trois jours devant elle, trois jours pour revisiter des lieux qu'elle n'avait plus fréquentés depuis longtemps. Trois jours, à condition que ses déambulations ne se transforment pas en pèlerinage.

Comme souvent, elle avait emporté un livre, mais elle était incapable de se concentrer. Le lieu était chargé d'une histoire qui lui tenait trop à cœur. Malgré cela, une question occupait son esprit : qu'était devenu le jeune homme du bateau ? Il n'avait pas l'air d'une âme désespérée prête à se jeter par-dessus bord et ses sourires lui avaient paru trop sincères pour masquer une profonde tristesse. La vraie question qui la taraudait était peut-être de savoir pourquoi il lui avait faussé compagnie. Elle aussi avait fui en son temps mais elle avait une bonne raison.

Elle avait embarqué sur ce navire pour découvrir le monde et elle avait su dès le premier instant que Gianni était de ceux qui vous retiennent pour toujours. À vingt ans, elle ne se sentait pas prête. Le visage de Jeremy lui apparut à nouveau, alors qu'elle s'était endormie, fenêtre ouverte, pour ne rien perdre des murmures du vent qui bruissait à travers le quartier, comme le crissement d'un crayon sur une feuille de papier.

Au matin, elle décida de se rendre dans le centre de la petite ville dont la taille s'apparentait à celle d'un bourg. Elle traversait une place quand elle l'aperçut, attablé à une terrasse. Sans lui demander la permission, elle s'installa en face de lui et commanda un café.

— Eh bien, me voilà rassurée, tu n'es pas passé par-dessus bord, dit-elle, sur un ton désinvolte.

— Si c'était le cas, avouez que je serais bon nageur. Vous étiez vraiment inquiète ?

Le serveur posa le café sur la table, Adèle voulut régler, mais Jeremy l'arrêta.

— Laissez-moi vous inviter, nous sommes loin d'un repas en première classe.

— L'argent n'a pas d'importance, d'ailleurs, je n'avais pas un sou en poche quand j'ai débarqué, enfin si peu, dit-elle.

— Hier, à votre arrivée ?

— Non, bien avant cela.

— Je ne comprends rien à ce que vous me racontez.

— Ça n'a aucune importance. Je sais, je suis curieuse, mais j'aimerais connaître la raison de ton voyage, si tu es venu en touriste ou pour vivre ici ?

— C'est drôle, j'aurais parié que vous me poseriez une question plus banale, comme ce que je fais dans la vie.

— Alors que fais-tu dans la vie ?

— Je suis organiste, enfin je l'étais.

L'étonnement d'Adèle amusa Jeremy.

— Musicien.

— Merci, je sais ce qu'est un organiste. Et tu ne joues plus ?

— J'espère ne pas avoir trop perdu la main, en tout cas, je ne joue plus en professionnel, j'ai quitté mon travail.

— Maintenant, c'est moi qui ne comprends rien. Comment peut-on quitter son travail quand on est musicien ? Tu étais dans un orchestre ?

Jeremy afficha un large sourire.

— Je joue du grand orgue, pas sur un clavier électronique, j'étais employé par une paroisse.

— Et ils t'ont congédié ?

— Non, c'est moi qui ai démissionné. Le problème, c'est que j'ai cessé de croire en Dieu, alors au moment de toucher ma paye, j'étais mal à l'aise. Reconnaissez qu'escroquer le Seigneur, c'est tout de même assez risqué.

— Évidemment. Tu étais un bon organiste ?

— Assez pour qu'Il m'emploie.

— OK, tu me fais marcher.

— Si vous le dites… En même temps, vous n'avez pas le monopole du sarcasme.

— En quoi ai-je été sarcastique ?

— Ce repas à bord du navire a été un des pires moments de ma vie, et j'en ai connu quelques-uns, enfin comme tout le monde, je suppose.

— Je ne pensais pas que ma compagnie pouvait être aussi désagréable.

— La vôtre non, mais celle de nos voisins de table…

— Je ne les avais pas choisis.

— En voyageant en première, un peu tout de même.

— Ils ne semblaient pas te déranger tant que cela sur le pont. Bon, puisque ma compagnie t'importune, je vais m'en aller.

— Si vous le pensiez, vous seriez déjà partie ; d'ailleurs vous ne vous seriez même pas assise.

— Admettons, tu as quitté ton travail, ce qui n'explique pas ta présence sur le navire, et encore moins ce que tu es venu faire ici.

— Si je vous le disais, là vous ne me croiriez pas.

— Accorde-moi une chance.

— Vous voulez un autre café ? Vous êtes toujours mon invitée.

Adèle accepta, elle ne quittait plus Jeremy des yeux.

— Un prospectus, dit Jeremy, alors qu'il fouillait sa poche.

Il le posa sur la table.

— Un simple prospectus abandonné sur un banc par un paroissien, enchaîna-t-il. Je l'ai trouvé un soir en quittant l'église. J'y ai vu une sorte de message.

— Un message adressé par qui ?

— Mon employeur, bien sûr. Il en avait marre de moi et m'envoyait un signe pour que je démissionne avant qu'il ne soit forcé de me virer. Alors j'ai tout plaqué. C'est que ce jour-là, je jouais pour un enterrement, vous voyez la symbolique ? Je n'allais pas attendre qu'il prenne les devants ! Un jour de mariage, j'aurais peut-être jeté le prospectus dans la corbeille, mais là, c'était…

— Qui es-tu exactement ? questionna Adèle.

— C'est vrai que vous avez oublié de me demander mon prénom sur le bateau. Peut-être que cela ne vous intéressait pas. Je m'appelle Jeremy.

Une cloche se mit à sonner. Jeremy leva les yeux vers le sommet du campanile qui dominait la place, les aiguilles de l'horloge marquaient onze heures.

— Déjà onze heures ? s'étonna-t-il.

— Pas tout à fait, elle avance de cinq minutes, souffla Adèle.

— Dans ces petites villes, la vie des gens est réglée au son des cloches, je sais de quoi je parle. Alors si cette pendule n'était pas à l'heure, on l'aurait vite ajustée.

— C'est une horloge, pas une pendule, rectifia Adèle. Elle n'a pas de balancier. Et c'est moi qui l'ai réglée, ou plutôt déréglée. Tu as oublié de me demander ce que je faisais dans la vie. À moins que cela ne t'intéresse pas.

— Vous aussi vous travaillez pour Lui ? demanda Jeremy incrédule en regardant l'église.

— C'est un bon client, mais il n'est pas le seul. Je suis maître horloger.

— Vous enseignez l'horlogerie ?

— Non, je restaure ou répare les grandes horloges. À l'époque où elle fut créée, ma profession se déclinait en trois branches : ceux qui concevaient et réparaient les montres de poche ; ceux qui faisaient de même pour les horloges à poids, pendules et réveille-matin et, enfin, ceux qui se consacraient aux beffrois, que l'on appelait les horlogers grossiers. Le terme n'était pas très flatteur, et quand les trois branches se sont unifiées, les plus expérimentés d'entre nous ont été qualifiés du titre de maître horloger.

— Maintenant, c'est vous qui me faites marcher.

— Et pourquoi ferais-je une chose pareille ? répliqua Adèle.

— Très bien, admettons, mais alors je suis curieux d'apprendre pourquoi vous avez déréglé cette horloge ? Ce n'est pas très professionnel.

— Tu n'as jamais fait de fausse note, peut-être ?

Adèle décocha un sourire malicieux à son interlocuteur et se leva.

— Suis-moi, je vais t'expliquer.

Jeremy s'empressa de régler les consommations. Adèle avançait déjà en direction du campanile, il courut pour la rattraper.

— C'est une affaire si pressante pour que vous marchiez aussi vite ?

— Le temps est toujours compté, je sais de quoi je parle.

Elle repoussa le lourd battant de la porte du campanile et laissa Jeremy entrer le premier. Puis elle avança vers le centre du grand escalier qui conduisait au sommet, releva les yeux et lui demanda s'il avait le vertige. Elle avait commencé à gravir les marches sans attendre sa réponse.

L'ascension fut plus longue que Jeremy ne l'avait supposé. Au tiers de la montée, il peinait déjà, alors qu'Adèle ne montrait aucun signe d'essoufflement. Ses efforts furent récompensés dès qu'ils atteignirent la galerie sous la salle de l'horloge, que surplombaient les grands madriers de charpente soutenant la cloche. La ville tout entière s'offrait à eux, les toits rouges et ocre se détachaient, la vue s'étendait jusqu'au port. Le paquebot avait disparu. On distinguait au loin l'île des Sorciers, une tache brune sur l'océan, avec son phare qui scintillerait dès la nuit tombée. Un endroit qu'il devait absolument visiter, conseilla Adèle, surtout s'il aimait nager.

— Tu as raison, les gens de cette petite ville vivent au rythme du clocher. Je l'ai constaté peu de temps après m'y être installée. J'y ai passé des années magnifiques. Je m'étonnais de voir les habitants courir tout le temps. Dans les grandes métropoles, les gens sont toujours pressés, mais ici, cela n'avait aucun sens. Un jour j'ai questionné Rita, la femme qui me logeait, à ce sujet. Elle m'a expliqué que la ponctualité était une marque de courtoisie très importante en ces lieux, et comme les gens craignaient d'être en retard, dès qu'ils sortaient de chez eux, ils se hâtaient.

— En quoi cela vous concernait ?

— Combien de routes as-tu empruntées sans même regarder le paysage, parce que tu étais pressé d'arriver à destination ? Combien d'hommes et de femmes courent dans les rues, attentifs au seul rythme de leur cœur ? Combien de fleurs et d'arbres dont on ignore les noms, de senteurs merveilleuses à côté desquelles on passe ? La vie devient si différente dès que l'on ouvre les yeux, et que l'on tend l'oreille. J'aimais l'idée que le temps traîne. J'étais déjà diplômée quand je suis arrivée ici. Gianni m'avait poussée à ouvrir un petit atelier, je réparais des pendules, restaurais les vieilles montres que les pères légueraient à leurs enfants. Mes tarifs étaient des plus raisonnables, je n'avais aucun sens de l'argent, et ma réputation s'est construite peu à peu. Un jour, un employé des services municipaux est arrivé dans tous ses états, il avait dû se précipiter en chemin car il suait à grosses gouttes, j'ai cru qu'il était arrivé un drame. En fait, la grande horloge de la mairie était tombée en panne alors que le maire devait accueillir des personnalités ce soir-là. L'employé de la mairie m'a suppliée de la réparer de toute urgence, quel que soit mon prix. Il aurait mieux fait de ne rien dire, j'y serais allée gratuitement, travailler sur les grandes mécaniques procure un plaisir incroyable. J'ai eu de la chance, j'ai trouvé la pièce qui était grippée, et il m'a suffi d'un tour de main pour que le maire entende le tic-tac qui redonnait toute sa splendeur à la mairie. J'ai refusé son argent, la ville m'avait accueillie et offert une nouvelle existence, c'était la moindre des choses. Le curé n'a pas tardé à prendre connaissance de mes tarifs, ajouta Adèle en riant. Il paniquait à l'idée que son église subisse un tel incident, de surcroît un dimanche. Mieux valait assurer des visites régulières pour l'entretenir, il m'a donc confié la clé du campanile. C'est ainsi que l'idée m'est venue d'avancer les horloges de cinq minutes, celle de la mairie et celle du campanile. Dès lors les gens arriveraient à l'heure, même en pensant être en retard. Aussi étrange que cela paraisse, mon stratagème a fonctionné. Au bout de quelques semaines, les habitants se sont aperçus qu'ils étaient en avance, ou à l'heure pour les retardataires. Je crois que le curé a fini par deviner mon petit arrangement avec le temps, et que ça l'a beaucoup amusé, ses paroissiens ne rataient plus le début de la messe. Rien n'a changé depuis. Grâce ou à cause de moi, cette ville est la seule à avoir officiellement un décalage horaire de cinq minutes avec tous les autres fuseaux du globe.

— Une ville entière en avance de cinq minutes sur le reste du monde, ça ne manque pas de poésie, dit Jeremy.

— Tu veux que je te montre comment fonctionne la mécanique du temps ?

— Vous n'avez jamais rêvé de pouvoir l'arrêter ?

— Je n'ai pensé qu'à ça. Plus précisément, j'ai rêvé de retrouver les pièces qui permettraient de le suspendre, ou de l'accélérer. Mais c'est une autre histoire. Je te la raconterai peut-être un jour, si nous nous revoyons.

Adèle se hissa sur la pointe des pieds pour attraper un anneau de métal vissé dans le plafond de la galerie ; elle tira de tout son poids, ouvrant une petite trappe d'où coulissa un escabeau permettant d'atteindre la salle du mécanisme de l'horloge. Cette fois, elle passa la première. Dès qu'ils furent entrés, elle referma le passage qu'ils venaient d'emprunter.

6.

Des étoiles de poussière dansaient dans les rais de lumière traversant les planches. Jeremy avait toutes les peines du monde à s'accommoder à la pénombre. Il prit une profonde inspiration et l'odeur de vieux bois lui rappela aussitôt le corps de ferme où il passait ses vacances auprès de sa mère. Des cliquettements aux nuances variées s'enchaînaient dans un rythme harmonieux. Les aiguilles de l'horloge dirigeaient un orchestre dont chaque pièce suivait sa partition, jouant dans une synchronie parfaite une musique d'une clarté remarquable.

Adèle pouvait se déplacer dans cette salle les yeux fermés. Elle s'éloigna vers l'angle opposé, plongea la main entre deux poutres et en sortit une paire de chandelles cachées dans un recoin de la charpente. Elle craqua une allumette et alluma les mèches. Les flammes tremblantes semblaient prendre leur respiration avant d'illuminer la pièce d'une lumière orangée. Jeremy découvrit alors la fabuleuse mécanique de l'horloge du campanile.

— Impressionnant, n'est-ce pas ? lança Adèle.

Jeremy resta silencieux.

— Je sais, j'ai consacré ma vie professionnelle à les entretenir.

Adèle expliqua le rôle de chacun des éléments. Le moteur à barillet qui transformait l'énergie du poids suspendu à un câble enroulé autour d'un tambour. Les horloges modernisées bénéficiaient d'un automatisme à cliquet qui en assurait la remontée, mais il arrivait qu'elle se fasse encore à l'aide d'une manivelle, ajouta-t-elle.

— On appelait gouverneurs de l'horloge ceux qui en avaient la responsabilité. Heureusement pour eux, la hauteur des campaniles assurait une autonomie de plusieurs jours, mais il fallait avoir une sacrée force dans les bras pour accomplir cette tâche.

Elle lui apprit le rôle des rouages des heures et des complications, un terme technique qu'elle employa pour désigner la roue d'échappement qui lançait et arrêtait l'ancre liée à l'oscillateur assurant la régularité du mouvement ; elle lui montra la cage où venait se greffer le cadran situé à l'extérieur, enfin, elle détailla le mécanisme complexe qui actionnait le marteau de la cloche, déterminant le nombre de coups qu'il frapperait. Jeremy écoutait, fasciné autant par les connaissances d'Adèle que par la passion qui l'animait.

Quand la leçon fut terminée, il en avait perdu la notion du temps.

— Vous êtes réellement maître du temps.

— Maître horloger, rectifia-t-elle en souriant. Et toi, tu es vraiment organiste ?

— Si cette église possède un orgue, je peux vous le prouver sur-le-champ.

— Je te crois sur parole et je n'ai pas du tout envie d'aller saluer le nouveau curé. J'aimais trop son prédécesseur.

— Il officie peut-être encore, non ?

— Son âge était déjà très avancé à l'époque, répondit-elle. Viens, redescendons dans la galerie, je voudrais admirer une dernière fois la vue.

— Vous partez ?

— Je prends la route après-demain et je ne reviendrai ici que pour embarquer sur le bateau du retour.

— Je vois, soupira Jeremy.

— Qu'est-ce que tu vois ? demanda Adèle.

— Rien, descendons admirer cette vue.

Le soleil déclinait déjà quand ils quittèrent le campanile, et Jeremy qui se souvenait d'y être entré peu avant midi eut l'étrange sentiment que le temps s'était accéléré. Adèle avançait vers la place, il lui emboîta le pas.

— Tu comptes me suivre ainsi toute la journée ? demanda-t-elle en se tournant vers lui.
— Pas du tout, mais nous allons dans la même direction, bafouilla-t-il.
— Et dans quelle direction vas-tu ?
— Par-là, dit-il l'index pointé droit devant lui.
— Alors nos chemins se séparent ici, je tourne dans cette ruelle, je dois rendre visite à quelqu'un.
— Mais nous nous reverrons ? Vous avez promis de me raconter une histoire.

Adèle le dévisagea ; elle qui savait lire sur les visages, deviner des intentions dans les regards, en était incapable avec lui.

— Tu avais un plan en tête en préparant ce voyage ?
— Comment ça ?
— Chercher un nouveau travail par exemple ?

Jeremy devait bien s'avouer que son voyage n'avait pas fait l'objet d'une grande préparation. Hormis un appel à sa mère pour l'informer de sa décision, son départ avait été improvisé ; pourtant l'air assuré qu'il afficha devant Adèle prétendait tout le contraire. Elle ne fut pas dupe un instant, elle avait arboré le même air fier quand Gianni lui avait demandé, d'un ton un peu condescendant, ce qu'elle comptait faire une fois à terre. Elle avait trouvé le culot de lui répondre qu'elle avait suffisamment mûri son départ pour qu'on lui épargne ce genre de question. Ce souvenir lui fit penser que Gianni ne l'avait probablement pas crue non plus. Posant sa main sur l'épaule de Jeremy, elle lui dit qu'il avait sûrement beaucoup à faire. La ville n'étant pas très grande, ils finiraient tôt ou tard par se croiser.

En descendant la ruelle, elle se demanda pourquoi elle avait agi ainsi. Elle n'avait aucun rendez-vous. Et elle passa le reste de la soirée à se poser la même question, sans trouver de réponse satisfaisante.

Se promenant seul dans les rues, mains dans les poches, Jeremy se résolut à envisager son avenir. Il acheta un guide touristique, s'installa sur le rebord d'une fontaine et marqua au crayon tous les établissements de la ville où l'on jouait de la musique le soir. Avec un peu de chance, il trouverait un endroit où exercer sa véritable passion – Jeremy rêvait de jouer du jazz. Il en visita plusieurs, dont un café où l'orchestre l'impressionna, mais sans succès. À minuit, terrassé de fatigue, il décida de rentrer. Ses jambes étaient encore lourdes d'avoir autant marché pour gagner le navire, et tout son corps souffrait d'avoir connu l'inconfort d'une cale. Deux nuits, allongé en chien de fusil sur une banquette en bois. Et c'était sans compter les heures à rester debout. Il regagna la chambre qu'il avait louée dans un hôtel proche du port. C'était vraiment une chambre minuscule, avec pour seule décoration une tête de lit à barreaux et, accrochée au mur, une huile grossière représentant un paysage de campagne, mais le matelas était correct et le linge sentait le propre. En guettant le sommeil, il se remémora les moments passés dans le campanile. Quand il ferma les yeux, ce n'était pas le mécanisme de l'horloge qu'il revoyait, mais le regard d'Adèle, qui dormait à quelques rues de lui.

❋

Une bonne nuit, une douche et un café l'avaient revigoré. Jeremy n'était pas dans l'obligation de gagner de l'argent. Il avait été bien payé par l'église et, ayant vécu simplement, il disposait d'économies suffisantes pour tenir quelques semaines, peut-être même un peu plus. Mais il ressentait le besoin de travailler. Quand il ne faisait rien, il s'enfermait dans son monde, et la solitude lui pesait.

Enfant, Jeremy avait décidé que se faire discret était le meilleur moyen de s'en sortir dans la vie. Au collège, lorsqu'il connaissait la réponse à une question, il ne levait jamais le doigt. Il avait l'air absent même quand il était attentif, et évitait tant le regard des autres que ses professeurs s'inquiétaient de ses aptitudes. Au lieu de se mêler à ses camarades de classe, il préférait s'installer sur un banc pour les observer, ce qui lui permettait d'en apprendre beaucoup. Il aimait repérer les tics de langage ou les manies qui révèlent ce que certains mots ne disent pas. Ainsi, quand son père passait la main sur son crâne, c'était qu'il ne savait pas comment reprendre un costume, et s'il se frottait le nez, ce n'était pas parce qu'il était enrhumé ou sujet à des démangeaisons, mais parce qu'il avait coupé trop court une pièce de tissu ou bien raté une couture. Lorsque sa mère campait ses mains sur ses hanches, elle cherchait à se remémorer ce qu'elle devait accomplir ; lorsque son professeur d'histoire lissait ses sourcils, on pouvait être sûr que la phrase qu'il venait de prononcer ne tarderait pas à devenir un sujet de contrôle.

Le père de Jeremy était un citadin dans l'âme, sa clientèle se trouvait en ville, rétorquait-il à sa femme qui avait suivi des études d'ingénieur agronome et ne supportait plus de vivre entre des murs de béton. Elle avait besoin de nature comme les fleurs ont besoin d'eau et préférait la compagnie des animaux à celle des êtres humains. L'arrivée d'un enfant n'avait pas été planifiée, le couple avait tenu douze ans en dépit d'envies de vie inconciliables. La séparation se fit sans cris. Jeremy en fut informé sans cérémonie. Pour des raisons liées à ses études, il resta auprès de son père, il rejoignait la ferme de sa mère durant les longs week-ends et pendant les vacances. Elle venait parfois le voir durant la semaine. Mais elle avait mis tellement de cœur à l'ouvrage que la ferme devint une exploitation agricole qui ne cessa de prospérer, et lorsque les terres se comptèrent en dizaines d'hectares, la volaille et le bétail en centaines de têtes, elle n'eut plus le temps de se rendre en ville.

Jeremy adorait aller travailler chez sa mère. Les vaches et les cochons vous laissent en paix. Il aimait conduire les tracteurs, les moissonneuses, les semoirs, et il découvrit la plus belle des machines lorsque l'exploitation acquit un petit avion d'épandage. Un coucou jaune qui décollait et se posait si facilement que c'en était presque un jeu. À seize ans, Jeremy savait déjà le piloter.

À vingt-cinq ans, Jeremy n'avait ni ami ni ennemi. Il était de ces hommes qui portent en eux une histoire que personne ne connaît. Le divorce de ses parents y était peut-être pour quelque chose.

De ses vacances à la ferme, il avait appris à réparer des moteurs de toutes sortes. En attendant de pouvoir gagner sa vie grâce à ses talents de musicien, il décida d'aller frapper aux portes de tous les garages de la ville. Cette fois, ses efforts furent vite récompensés. Dès sa première tentative, il trouva un emploi, certes précaire, mais au moins, il avait de quoi s'occuper quelques heures. On lui confia deux pneus à changer, un pot d'échappement à remplacer et une vidange… À midi, il avait accompli toutes ces tâches et repartit avec quelques billets en poche et toujours Adèle en tête.

Quand il posait ses mains sur un clavier, il tirait une certaine fierté de sa virtuosité, mais ce n'était rien comparé à celle d'Adèle quand elle avait effleuré la mécanique de l'horloge du campanile. Ses mots résonnaient en lui, une phrase en particulier l'avait intrigué : « Retrouver les pièces qui permettent de suspendre le temps, ou de l'accélérer. » Qu'entendait-elle par là ?

Il passa l'après-midi à sillonner la ville dans l'espoir de retrouver Adèle.

Il traîna d'abord sur la place où ils avaient pris un café, puis parcourut les ruelles alentour. Cette femme était étonnante ; bien qu'endeuillée par la disparition de l'homme qu'elle avait aimé, elle ne laissait paraître aucune tristesse. Au contraire, un sourire aimable ne la quittait pas, elle irradiait de bonne humeur. Sa présence lui procurait un apaisement jusque-là inconnu. En vérité, Jeremy l'ignorait encore mais il était en train de tomber amoureux d'Adèle, et ce qu'il ressentait était le contraire d'une chute, une sorte d'élévation.

Deux heures de marche plus tard, un élancement dans la cuisse le fit grimacer. Il avait dû se déchirer quelque chose. Il boita jusqu'au garage, pour proposer ses services, en espérant qu'on ait besoin de lui le lendemain à l'ouverture.

Le patron, qui s'apprêtait à fermer, le reconnut ; Jeremy avait fait du bon boulot, sans rechigner ; il lui proposa de revenir à sept heures le lendemain matin, il aurait sûrement quelques tâches à lui confier. Jeremy était sur le point de partir quand il entendit rugir au fond du garage une voiture qu'il avait révisée. Un mécano musicien sait reconnaître le son d'un moteur, en l'occurrence un quatre-cylindres de quatre-vingt-douze chevaux, monté sur un joli cabriolet, vert anglais, bien que la Giulia fût italienne. Le vrombissement s'intensifia alors que la voiture s'approchait, comme les battements du cœur de Jeremy dès qu'il reconnut la conductrice. Adèle avait plaqué ses cheveux sous un foulard orange, elle portait un pull bleu pâle et des lunettes de soleil en écaille. Elle allait s'engager dans la rue quand elle croisa le regard de Jeremy. Elle souriait encore.

— Qu'est-ce que tu fais là ? demanda-t-elle en se penchant à la portière.

— Vous l'avez dit vous-même, la ville n'est pas bien grande.

Jeremy remarqua la petite valise posée sur le logement derrière les fauteuils.

— Vous m'avez menti. Vous partez maintenant, sans même me dire au revoir ?

— Justement, j'ai horreur des au revoir, répondit-elle. Je pensais que ce serait mieux ainsi.

— Après tout, vous n'avez aucun compte à me rendre.

— Au ton que tu viens de prendre, on pourrait penser le contraire.

— C'est moi qui ai révisé cette voiture, grommela-t-il. Si j'avais su…

— Tu l'aurais mieux réglée ?

— Mais non, vous pourrez rouler des mois sans le moindre problème.

— Je n'ai pas besoin d'autant de temps.

— Elle est à vous ?

— Elle l'était, je l'ai confiée il y a longtemps à l'ami qui tient ce merveilleux garage. Un homme de confiance justement, comme tu peux le constater. Il faut que je parte, j'arriverai en avance, mais je ne supporte vraiment plus d'être ici.

— Je ne pensais pas que ma compagnie était si désagréable.

— Ne sois pas idiot, ça n'a rien à voir avec toi.

— Alors adieu, dit Jeremy avant de s'éloigner.

Le garagiste, bien qu'en retrait, n'avait rien perdu de la scène. Adèle le salua et démarra. Elle dépassa Jeremy, et lui fit un signe en roulant au pas. Dans son rétroviseur, elle vit qu'il boitait et que marcher le faisait souffrir. Sans le vouloir, il avait touché son point faible. Elle poussa un soupir, appuya sur la pédale de frein et enclencha la marche arrière.

— Tu t'es blessé ? lui demanda-t-elle en arrivant à sa hauteur.

— Non, cette jambe m'a toujours causé des problèmes. Rien de grave, ça passera.

— Certainement pas si tu ne te ménages pas. Monte, je vais te déposer.

D'ordinaire Jeremy aurait refusé, par fierté, mais il se dit que c'était probablement la dernière fois qu'il verrait Adèle, alors il contourna la voiture et s'installa à côté d'elle. Adèle redémarra sur les chapeaux de roues, cette fois, les yeux rivés sur la route.

— Où es-tu descendu ?

— Dans un petit hôtel sur le port et je n'ai aucune envie d'y retourner, répondit-il.

— Ta compagnie n'a rien de déplaisant, bien au contraire, mais je ne peux pas t'emmener là où je vais.

— À cet enterrement ?

— Oui, à cet enterrement.

— Si c'est loin d'ici, je n'ai rien contre visiter un peu de pays. Vous pourriez me laisser quelque part en chemin.

— C'était ça ton idée ? Visiter du pays ?

— Elle en vaut une autre.

— Je suppose en effet, répondit Adèle, dont les pensées se bousculaient.

Elle n'aimait pas la perspective de faire ce voyage seule, redoutant les souvenirs qui l'assailliraient pendant la route vers la demeure de Gianni. Parler de tout et de rien serait un bon moyen d'y échapper. Peut-être n'était-ce pas la vraie raison qui la poussa à prendre cette décision qu'elle trouva folle.

— J'imagine que tu n'es pas parti sans emporter quelques affaires ?

— J'ai laissé un sac dans ma chambre à l'hôtel.

— Tu ne l'avais pas sur le bateau.

— Un type seul sur un pont avec un bagage à ses pieds, ça attire l'attention. Je l'avais caché dans la cale.

— Pourquoi tu ne voulais pas attirer l'attention ? … Enfin, ça ne me regarde pas, eh bien alors, passons par le port, je t'attendrai, mais ne traîne pas.

Vingt minutes plus tard, la Giulia quittait la ville et filait à bonne allure à travers la campagne. Adèle alluma les phares dès que le jour commença à décliner. Jeremy n'avait pas prononcé un mot depuis leur départ.

7.

Ils roulèrent durant deux heures. Plus Adèle s'éloignait de la ville, mieux elle se sentait. Jeremy était une présence rassurante. Bien que muré dans son silence, il l'apaisait. À l'orée d'un village et dans la nuit devenue noire, elle admit que ce qu'elle ressentait n'avait rien d'étrange finalement. Elle était simplement heureuse, sans devoir le prétendre, ce qui ne lui était pas arrivé depuis plus longtemps qu'elle ne pouvait s'en souvenir. Elle retint un sourire qui montait à ses lèvres, et ralentit l'allure.

— Tu as faim ? Je suis sur le point de défaillir.

— Je n'ai rien avalé depuis ce matin, répondit Jeremy, et c'est moi qui vous invite à dîner.

— J'ai vraiment cru que tu avais perdu ta voix. C'est d'accord pour ce soir, demain ce sera mon tour.

À l'idée que le voyage se poursuive, Jeremy sourit lui aussi.

— À la condition que demain tu me fasses la conversation, enchaîna-t-elle.

La Giulia se rangea sur le parking d'une auberge dont les fenêtres éclairées diffusaient une belle lumière. Jeremy sortit pour ouvrir la portière d'Adèle, puis la porte de l'établissement. La salle à manger avait le charme désuet des lieux qui portent en eux le mauvais goût du passé. Les bruits de couverts se mêlaient aux murmures des conversations. Une serveuse les installa dans un angle et leur tendit les menus. Une clientèle de gens du coin, des retraités pour la plupart et deux touristes qui concluaient leur repas en buvant du porto. Adèle demanda à Jeremy ce qui lui ferait plaisir, il haussa les épaules, tout le tentait. Elle appela la serveuse et commanda ce qu'il y avait de moins cher sur la carte, les menus du soir.

Dès qu'on leur servit les entrées, Jeremy évoqua les paysages qu'il avait admirés pendant le trajet. Les collines lointaines où se dressaient de longs cyprès, la rivière qu'ils avaient longée un court moment, les vastes champs d'oliviers, les chevaux aperçus derrière des clôtures. Pendant qu'il enchaînait les phrases, ses yeux se promenaient dans la salle, et chaque fois qu'il croisait un regard, il les baissait. Sa gêne émut Adèle et lui rappela le mal-être qu'elle avait connu à son âge, ce sentiment de ne jamais être à sa place. Elle posa sa main sur la sienne, un geste spontané d'une affection sincère.

— Je crois que tu considères ces gens avec autant de préjugés que tu leur en attribues, dit-elle. Personne ne sait le poids des choses qu'ils portent en eux.

— Peut-être, mais le couple à la table derrière nous ne cesse de nous observer, comme si j'étais un animal de foire. L'homme a ricané deux fois en me fixant.

Adèle se retourna brièvement en essuyant ses lèvres avec sa serviette.

— Le maire et son épouse. Un homme d'une honnêteté médiocre, comme son couple d'ailleurs. Elle n'est pas dupe du personnage qu'elle a épousé. Elle ne l'aime plus, si tant est qu'elle l'ait jamais aimé, mais elle apprécie ses largesses et le mode de vie qu'il lui offre.

— Vous les connaissez ? demanda Jeremy.

— Jamais vus.

— Alors comment pouvez-vous savoir cela ?

— Je le sais, c'est tout. Si tu en doutes, va lui demander ce qu'il fait dans la vie.

Jeremy la regarda d'un air amusé. Elle lui avait lancé un défi, il ne voulait pas qu'elle imagine qu'il était du genre à se dégonfler. Il repoussa sa chaise et se dirigea vers le couple. Adèle attendit, sans se retourner, qu'il revienne à sa place.

— C'est impossible, vous les connaissiez !

— Je t'assure que non, que leur as-tu dit ?

— Que je comptais m'installer dans la commune, et qu'en apprenant qu'il en était le maire, j'avais voulu me présenter, par politesse.

— Ingénieux.

— Comment avez-vous deviné ?

— Qu'il est maire ou qu'il pioche dans les caisses de la ville ?

— Les deux.

— Il y a un miroir dans ton dos. J'y ai observé le comportement du patron quand ils sont entrés, sa déférence frisait le ridicule. Et puis la chevalière ostentatoire qu'il arbore pour bien montrer qu'il est un notable ; dans un tel bled, ce doit être le seul.

— Et son intégrité ?

— Son costume, la tenue de son épouse et ses bijoux, un train de vie bien au-dessus des moyens d'un simple maire.

— Sa femme est peut-être riche ?

— Si c'était le cas, il ferait moins le beau et la traiterait avec un minimum d'égards ; il ne l'a pas attendue pour entamer son plat, ne s'est jamais soucié de la resservir en vin, ce qu'elle a fait elle-même à trois reprises. La détresse vous fait trop boire. Elle est belle, il s'en sert comme d'un trophée, mais le visage de cette femme a perdu toute expression. Bref, un rustre.

— Et vous avez appris tout cela en les observant dans un miroir ?

— Je t'en prie, ne joue pas l'étonné, tu fais la même chose que moi, avec talent d'ailleurs. Tu crois que je ne t'ai pas vu à l'œuvre quand nous étions à table sur le bateau ?

— Et qu'avez-vous deviné sur moi ?

— Très peu de choses, je l'avoue, et cela me déroute. Alors pour me faire plaisir, tu vas me parler de toi.

— Je ne suis pas doué pour les histoires, je n'ai jamais su briller en société, répondit Jeremy.

— C'est plutôt une bonne nouvelle, je n'ai pas envie d'une conversation banale. Dis-moi quelque chose qui te ressemble, ce qui a fait de toi l'homme que tu es, par exemple.

— C'est la première fois que l'on me pose une telle question.

— Quand on part sans laisser d'adresse, c'est souvent dans l'espoir de corriger ses erreurs ;

à condition de profiter du voyage pour accepter celles des autres. Bon, je vais t'aider, commence par me raconter comment tu es devenu musicien.

— Durant leurs disputes incessantes, mes parents me prenaient à partie, alors j'ai appris très tôt à me taire. Un soir, je devais avoir six ans, je dormais chez ma grand-mère, elle gardait toujours sa télévision allumée, elle disait que c'était son animal de compagnie. Nous assistions à un concerto de Rachmaninov. Dès les premières mesures, j'ai été fasciné par le pianiste. Un moment inouï, je ressentais chacune des émotions qu'il interprétait, la joie, la tristesse, la solitude, le désarroi, et surtout l'espoir. Des émotions, j'en avais plein le cœur, mais pas les mots pour les exprimer. Ne vous trompez pas, j'ai été un enfant heureux, et je suis un homme heureux. La vie est bien trop courte pour accorder du temps au malheur et puis je n'en ai pas le goût. Mais cette nuit-là, blotti dans mon lit, j'ai compris que l'on pouvait partager ce qu'il y avait de plus important en nous autrement qu'avec des mots. J'ai dit à mes parents que j'avais trouvé ma vocation et que rien ne me ferait plus plaisir que de devenir pianiste. J'étais loin d'être un enfant prodige, mais ils se sentaient coupables. Ils ont sauté sur l'occasion et m'ont inscrit dans une école de musique. Mes professeurs ont décrété que j'avais de l'oreille et un certain don. Quand mon père a acheté un piano, il en avait les larmes aux yeux et, pour une fois, j'ai vu dans ceux de ma mère un peu de tendresse à son égard. Ce piano a pris la place du frère ou de la sœur qu'ils étaient incapables de me donner. Quand ils se sont séparés, ma mère en a installé un chez elle, à la ferme. Je n'ai pas eu le temps ou peut-être le talent de devenir concertiste. Je venais d'avoir dix-huit ans quand l'organiste de notre paroisse a été terrassé par une attaque en pleine messe de Pâques. Il n'y avait personne pour le remplacer, alors on m'a proposé de venir jouer. Je voulais gagner ma vie le plus vite possible et ce premier salaire était au-delà de mes espérances. Voilà comment je suis devenu organiste professionnel.

— Et tu as définitivement renoncé à devenir concertiste ?

— Je n'ai pas renoncé, ma passion, c'est le jazz.

Le dîner tirait à sa fin, Jeremy voulut régler l'addition, mais la serveuse répondit qu'elle la mettrait sur les chambres.

— Nous n'allions pas rouler toute la nuit, souffla Adèle en détournant son regard vers la fenêtre.

Un éclair stria le ciel.

— Décidément, ils accompagnent nos soirée ; je crois qu'un magnifique orage se dirige vers nous.

— Vous les aimez tant que ça ?

— J'aime la sensation qu'ils nous donnent d'être en vie, le parfum de la terre et des herbes, qui se relèvent, plus fortes encore.

— Merde ! s'écria Jeremy au moment où le tonnerre gronda.

— J'ai peut-être été trop lyrique, mais de là à être grossier…

Jeremy se leva d'un bond et traversa la salle en courant, bousculant la table du maire sur son passage. Adèle se demanda quelle mouche l'avait piqué. Elle adressa un sourire convenu aux convives qui la dévisageaient et se leva dans le plus grand calme.

À la réception, elle retrouva Jeremy trempé des pieds à la tête.

— Je ne vois toujours pas ce que j'ai pu dire qui t'ait fait fuir ainsi. Un besoin urgent de prendre l'air ?

— Le besoin urgent de recapoter votre voiture, répondit Jeremy impassible en chassant l'eau de pluie qui ruisselait sur ses épaules.

— Ah ! Je n'y avais pas du tout pensé. Je me demande ce que j'aurais fait si tu n'avais pas été là…

— Demain, vous auriez roulé les fesses trempées, si tant est que vous soyez arrivée à redémarrer. L'eau ne fait pas bon ménage avec les intérieurs de ces vieilles voitures. Un court-circuit et vous auriez eu de sérieux ennuis mécaniques.

Adèle s'imagina sur le parking, incapable de repartir au petit matin. Attendre une dépanneuse, trouver dans cette campagne un garagiste qui puisse s'occuper des réparations aurait pris au moins deux jours, peut-être même une semaine. Sans l'intervention de Jeremy, elle ne serait jamais arrivée à temps et cette pensée la bouleversa. Elle eut envie de le prendre dans ses bras, le serrer fort, le frictionner avant qu'il ne prenne froid. Elle avança vers lui dans un grand élan de tendresse et s'arrêta soudain devant Jeremy, tout étonné.

— Ne faites pas cette tête, ce n'est pas grave puisque je suis sorti à temps.

— Tu as raison, ce n'est pas grave puisque tu y as pensé à temps, répéta-t-elle, confuse.

Elle se tourna vers le comptoir, attrapa deux clés et lui tendit la sienne.

— Il est temps d'aller dormir, dit-elle. Au moins ta jambe semble aller beaucoup mieux.

Jeremy haussa les épaules, regarda le numéro sur sa clé et s'éloigna.

— Alors, à demain, dit-il en montant l'escalier.

8.

Adèle avait eu bien du mal à trouver le sommeil et plus encore à se réveiller. Quand elle arriva dans la salle du petit déjeuner, Jeremy terminait le sien.

— Je n'avais pas aussi bien dormi depuis longtemps, lança-t-il enjoué. Et avec ce ciel bleu, nous allons pouvoir rouler cheveux au vent. Vous avez faim ? Je me suis levé avec un appétit d'ogre. Je vous recommande les œufs, ils sont épatants ; des œufs de ferme pondus hier, ça ne fait aucun doute. Rien à voir avec ceux qu'on trouve dans le commerce, et je sais de quoi je parle.

— Justement, tu parles beaucoup trop, grommela Adèle.

— Possible, je suis de bonne humeur. Apparemment pas vous.

— Si… enfin dès que j'aurai pris mon thé.

— Bon, je vous laisse tranquille, je me suis déjà suffisamment imposé comme ça, dit-il en se levant.

— Rassieds-toi, s'il te plaît. Tu ne t'imposes pas.

— Quelque chose ne va pas ?

La serveuse déposa une théière devant Adèle qui s'empressa de se servir une tasse, puis une deuxième. Jeremy la dévisageait, il y avait presque de l'admiration dans ses yeux.

— Tu n'as jamais vu une femme boire du thé le matin ? demanda Adèle, qui avait enfin retrouvé un semblant de sourire.

— Si, mais pas comme vous.

— Je tiens mal ma tasse ? Je fais du bruit en avalant ?

— Non, rien de tout ça. Je ne sais pas si je peux vous le dire.

— Essaye, on verra bien.

— Je vous trouve belle. Voilà.

— La flatterie ne te va pas du tout. Mais merci du compliment.

— Ce n'était pas un compliment, j'étais sincère.

— Un compliment peut l'être. Soit tu es en effet de très bonne humeur, soit tu as de drôles de goûts ; je me suis vue dans la glace tout à l'heure…

— Nous n'avons peut-être pas vu la même chose, l'interrompit Jeremy.

— Cette conversation me gêne un peu, tu veux bien changer de sujet ?

— Ça vous gêne qu'on vous dise que vous êtes belle ? Pourquoi ?

— Toi et tes pourquoi ! C'est fou.

— C'est un défaut de poser des questions ?

— Je suppose que c'est tout le contraire, tu as raison. Tu peux me poser autant de questions que tu veux, mais ne parlons plus de mon physique, s'il te plaît.

— D'accord, restons dans le banal. Nous avons encore beaucoup de route ?

— Oui, d'ailleurs nous ne devrions pas tarder, les journées sont courtes en cette saison et je n'aime plus rouler dans l'obscurité. Les chambres sont réglées, ne rouspète pas, c'est moi qui t'ai obligé à passer la nuit ici.

Jeremy fit une moue, il n'était pas d'accord avec ce raisonnement, mais il était trop tard pour qu'il en soit autrement. Il ouvrit la marche jusqu'au parking.

— La prochaine note est pour moi, affirma-t-il en quittant l'auberge. Promettez-le maintenant, sinon je ne vais pas plus loin… et je vous rappelle que vous avez besoin d'un mécanicien.

Adèle jeta un œil à sa voiture esseulée sur le parking.

— Tu m'as pourtant assuré que tu l'avais révisée toi-même et qu'elle pourrait rouler des mois sans le moindre problème, non ?

— Et quand je vous ai dit que vous étiez belle, vous ne m'avez pas cru, alors, pardon, mais la confiance, ça ne peut pas fonctionner seulement quand ça vous arrange.

Cette fois, un franc sourire illumina le visage d'Adèle et elle dut même résister à l'envie de rire.

— Qu'est-ce que j'ai encore dit ? s'inquiéta Jeremy

— Surtout, ne dis plus rien. Allez, partons, répondit Adèle.

Il rabaissa la capote d'un tour de main, Adèle s'installa au volant et la Giulia démarra au premier coup de clé.

L'air était doux, le cabriolet filait à travers la campagne. Adèle avait mal noué son foulard qui s'envola dans un virage. Jeremy se retourna brusquement pour le rattraper, mais il ne put rivaliser avec le vent.

— Vous ne voulez pas vous arrêter ?

— Non, s'il a décidé de me quitter, tant pis pour lui. Et puis je le trouve moche, ce foulard, je n'en ai pas besoin.

— De quoi avez-vous besoin ?

— En ce moment ou d'une manière générale ?

— Comme vous voudrez.

— Je n'en sais rien, mais je pourrais te réciter ce dont nous avons tous besoin. C'est un poète qui l'a écrit. J'ai oublié son nom, mais pas ses mots. Je les ai trouvés si justes que je les ai appris par cœur : « Nous avons besoin d'entendre l'histoire de jeunes parents qui rient à quatre heures du matin quand leur bébé cesse enfin de crier, nous avons besoin d'entendre des histoires de fraternité, celles d'hommes qui n'ont plus peur de parler entre eux de leurs sentiments. Nous avons besoin d'entendre des histoires sur ce qui nous touche et que l'on n'a pas osé confier à nos amis. Nous avons besoin d'entendre les histoires de ces femmes qui ont réussi à s'aimer pour connaître enfin la paix. Nous avons besoin d'entendre les histoires de ces couples qui vivent ensemble depuis treize ans et qui continuent de s'apporter un verre d'eau sans que l'autre ait rien demandé, d'apprendre qu'en dépit des choses petites ou grandes, parfois sans importance, à propos desquelles ils argumentent, en dépit de ces disputes qui transforment leur chambre en lave, ils y retournent chaque nuit, rêvant en s'endormant de pouvoir réapprendre à s'aimer comme aux premiers jours. Nous avons besoin d'entendre l'histoire de ces gens qui se sont rencontrés au mauvais moment, et au bon moment. Nous avons besoin d'entendre l'histoire de ceux qui s'aiment d'un amour calme. Entendre aussi les histoires de ceux qui disent “au début j'ai tout raté et puis ensuite…”. Nous avons besoin d'entendre les histoires de ceux que nous avons aimés sans avoir pu leur dire, aimés tout en étant loin d'eux, aimés tout en étant obligés de partir. Nous avons besoin d'entendre notre histoire quand, dans un miroir, nous voyons nos négligences, nos renoncements et nos obstinations, et de savoir que si, dans ces moments-là, nous arrivons à trouver quelque chose d'aimable à nous dire, alors, peut-être qu'il s'agit aussi d'un peu d'amour. »

Jeremy resta silencieux durant toute l'heure qui suivit.

⁂

C'était la première colline qu'il voyait qui ne fût coiffée d'aucun cyprès. Depuis qu'il s'était tu, Jeremy n'avait fait que ça, observer le paysage.

Au fur et à mesure que la voiture s'enfonçait dans la campagne, il sentait une drôle de sensation grandir dans sa poitrine. À un moment, Adèle avait allumé le vieux poste de radio encastré dans le tableau de bord. En avançant sa main, elle avait frôlé le genou de Jeremy et la sensation avait grimpé d'un cran, peut-être même deux. De temps à autre, elle tournait brièvement la tête vers lui, comme pour vérifier qu'il était toujours là. Chaque fois, Jeremy faisait mine de ne pas s'en apercevoir et lorsque les yeux d'Adèle revenaient à la route, il attendait le moment où elle recommencerait.

Depuis une demi-heure, ils traversaient une grande plaine. Les oliviers s'étendaient à perte de vue. L'odeur des genêts flottait dans l'air. Un parfum d'été qui résistait à l'automne. Jeremy n'en pouvait plus de ce silence. Du jamais-vu pour lui qui s'était toujours amusé de ceux qui en avaient peur et parlaient pour ne rien dire. Il continuait d'observer furtivement Adèle. Qu'est-ce qui pouvait bien la faire sourire ? Certainement pas sa destination. Peut-être se sentait-elle bien, et que c'était aussi simple que ça ; à moins qu'il n'y soit pour quelque chose. Il pointa du doigt la colline dénudée avant qu'elle ne disparaisse.

— On dirait qu'elle est chauve, dit-il d'une voix forte pour couvrir la chanteuse qui beuglait. Elle a dû brûler et les arbres n'ont jamais repoussé.

Il venait justement de parler pour ne rien dire et le regrettait déjà. Mais Adèle avait l'esprit ailleurs.

— Ce devait être assez particulier non, de jouer pendant les enterrements ? questionna-t-elle.

— Une véritable aubaine. Les gens sont beaucoup plus généreux en pourboires que lors des mariages et ils sont aussi plus tolérants en cas de fausse note. Étonnant, n'est-ce pas ?

— Ce qui m'étonne, c'est que ce soit là toute l'émotion que cela te procurait.

Jeremy éclata de rire.

— Pardon, mais vous auriez vu votre tête quand j'ai dit ça, c'était hilarant.

— Tu te fichais de moi ?

— Je vous faisais juste un peu marcher. Certaines cérémonies vous bouleversent plus que d'autres. Le comportement de ceux qui y assistent raconte beaucoup de choses. Leurs regards… leur présence ou leur absence. À la façon dont les gens se recueillent, on distingue les vraies peines des chagrins de circonstance. On entend dans les silences les douleurs les plus profondes. Les discours peuvent être bouleversants, mais parfois glaçants. C'est fou comme la mort en dit long sur la vie. Vous avez peur d'aller à cet enterrement ?

— Qu'est-ce qui te fait penser ça ?

— Votre conversation.

— Pourquoi tu ne crois pas en Dieu ?

— J'ai dit que je ne croyais plus en Lui, ce n'est pas pareil. Quand j'étais gosse je n'avais pas le choix, mon père n'aurait jamais permis qu'il en soit autrement. Il a travaillé et prié toute sa vie, ce n'était pas un grand tailleur, mais il était un artisan honnête. Il a passé son existence à faire des costumes pour les autres ; je ne lui en ai connu qu'un seul. Il le portait encore le jour où on l'a mis en terre. Il a aimé ma mère et elle l'a quitté pour des vaches. Il est mort seul, et le plus dégueulasse dans tout ça, c'est qu'il avait fini par oublier ce qu'était le bonheur quand ça lui est arrivé. Manger du poisson le vendredi n'a jamais rien changé à la vie des hommes.

— C'est une tradition qui crée un lien entre eux. Moi, c'est ma mère que j'ai perdue, confia timidement Adèle. Pas parce qu'elle était morte, mais parce qu'un jour elle n'était plus là. J'avais dix-sept ans. Avant cela, elle me répétait tout le temps qu'elle se sacrifiait pour moi. Lorsqu'elle a estimé que j'avais suffisamment grandi, elle m'a laissé un mot.

— Pour vous dire quoi ?

— Que je n'avais plus besoin d'elle.

— On a toujours besoin d'une mère, s'indigna Jeremy.

— Il faut croire qu'elle n'avait plus besoin d'une fille.

— Alors vous êtes partie ?

— Que voulais-tu que je fasse d'autre ?

— Remettre le mot là où vous l'aviez trouvé, prétendre que vous ne l'aviez jamais lu, le temps d'y voir clair.

— J'étais bien trop fière pour attendre qui que ce soit. Je ne regrette pas ma décision, si j'avais tardé un jour de plus à partir, je n'aurais pas rencontré Gianni.

— Dans ce cas, je suppose que vous avez bien fait.

— Tu n'avais pas l'air de le penser et tu n'as pas l'air très convaincu, ironisa Adèle. Quand le bateau a quitté le quai, j'étais terrifiée. Je m'en voulais tellement d'être aussi fragile.

— Vous étiez seule sur un paquebot, votre mère venait de vous abandonner, vous étiez tout sauf fragile, croyez-moi, mais vous l'ignoriez. Il y a tellement de choses que l'on ne sait pas sur soi-même. Il suffit parfois de rencontrer la bonne personne pour vous les révéler.

— Tu as sans doute raison. Toi, tu ne sais pas encore que tu es un vrai gentleman, dit-elle en appuyant sur le mot pour qu'il comprenne que c'était important.

— Si vous le dites… Et ça vous plaît ?

— Et toi, dis-moi pourquoi tu as embarqué sur ce bateau.

Jeremy répondit qu'il n'avait rien de précis en tête, seul le voyage comptait, et puis il avait toujours su se débrouiller. Il n'avait aucune envie d'en dire davantage et il trouva vite le moyen de détourner la conversation.

— Pourquoi avoir allumé des chandelles quand nous étions dans le clocher ? Il y avait l'électricité, des fils couraient sur les poutres.

— Parce qu'une petite ampoule rouge se serait immédiatement allumée dans les appartements du curé. Je ne voulais pas trahir notre présence. Les chandelles ont toujours été là, même après l'installation du courant, à cause d'une autre tradition, très ancienne. Pendant des siècles, les maîtres horlogers opéraient la nuit, lorsque les gens dormaient. Il m'est arrivé de travailler dans les mêmes conditions, pour me rapprocher d'eux, en m'éclairant uniquement à la bougie.

Les organes apparaissent différemment, probablement une question de reflets et d'ombres.

— Opérer, organes… vous parlez des horloges comme si elles étaient humaines.

— Je les crois vivantes, aussi fort que d'autres croient en Dieu, répondit Adèle.

— C'était ça, l'histoire que vous deviez me raconter ?

— Non, et il ne s'agit pas d'une histoire, mais d'une légende. Elle raconte que de grands horlogers auraient réussi à percer les secrets du temps. Huit d'entre eux, parmi les plus savants, auraient élaboré une horloge astronomique dont certaines pièces et rouages placés dans un ordre particulier avaient le pouvoir de ralentir le temps jusqu'à l'enrayer. Ils consacrèrent des années à assembler et à régler le mécanisme avant de tenter une première expérience qui aurait eu lieu à Salzbourg en 1627. La nuit était déjà tombée quand les grands horlogers actionnèrent le mécanisme de leur horloge astronomique. Au début, rien ne se produisit, mais quelques instants plus tard, ils constatèrent ébahis que les hommes, les chevaux, les carrioles qu'ils observaient depuis le haut du clocher, se déplaçaient plus lentement. Ils semblaient se mouvoir au ralenti. Puis tout le quartier se figea. Ce spectacle les fascina autant qu'il les effraya. Ils descendirent du clocher pour aller constater de plus près les effets de leur expérience. Au détour d'une rue, l'un d'entre eux découvrit une jeune femme suspendue dans les airs, arrêtée dans sa chute alors qu'elle s'était jetée d'une fenêtre. Il entraîna ses amis dans la maison, et depuis le premier étage, attrapa la jeune fille, avant de la reposer sur son lit. Ils trouvèrent sur la table de nuit une lettre d'adieu qu'elle avait laissée après avoir été éconduite par l'homme qui devait l'épouser. Ils continuèrent leur chemin, heureux d'avoir sauvé une vie, et voyant dans leur invention un moyen de prévenir des drames. Mais peu à peu, le temps reprit ses droits, les gens recommencèrent à se mouvoir, lentement au début avant que tout redevienne normal. Personne ne semblait avoir conscience de ce qui était arrivé. Dix jours de suite, ils altérèrent ainsi le cours du temps. Ils ignoraient encore que chaque heure que durait l'expérience, alors que la ville devenait immobile, un an s'écoulait pour eux. En dix nuits, ils avaient vieilli de dix ans et ils en portaient les stigmates sur leurs visages. Ils cherchèrent à comprendre ce nouveau phénomène et supposèrent que la proximité de l'horloge les avait dissociés de l'espace temporel pour les projeter dans une autre dimension. S'ils avaient ralenti la course du temps au point de ne plus en percevoir le mouvement, ils ne l'avaient pas pour autant arrêtée. Leur temps à eux s'était accéléré en conséquence. Les grands horlogers prirent la décision de détruire leur invention. Mais l'un d'eux ne put s'y résoudre. Une autre nuit, il se rendit seul dans la salle de l'horloge astronomique, préleva les roues et l'oscillateur et disparut en emportant leur secret. La légende raconte qu'il était convaincu que dans le futur des maîtres horlogers sauraient en faire bon usage et qu'il avait, dans ce but, dissimulé les pièces dans les mécaniques de dix horloges à travers le monde. Celui qui les retrouverait et perfectionnerait l'invention deviendrait le maître du temps.

Jeremy affichait l'expression d'un spectateur ébahi par le tour d'un magicien.

— Ce n'est qu'une légende, rappela Adèle.

— Une légende, c'est une histoire qui commence par une vérité, répliqua Jeremy.

— À la suite de quoi l'imagination prend le dessus, insista-t-elle. Différentes personnes, à différentes époques, la racontent, chacune y ajoutant un nouveau chapitre. C'est comme cela qu'elle reste vivante.

— Vous avez ajouté un chapitre ?

— Aujourd'hui non, mais hier… Bon, comme tu vas insister jusqu'à ce que je te raconte tout… Plus les années passaient, plus l'homme que j'aimais était préoccupé par notre écart d'âge, au point que cela devenait chez lui une obsession. Il regrettait d'être né trop tôt, d'avoir trop avancé sur le chemin de l'existence. Et comme je ne pourrais jamais l'y rattraper, il m'expliquait qu'un jour je devrais le quitter pour vivre pleinement ma vie, sans qu'il me retienne. Je refusais de l'écouter, déterminée à lui prouver qu'il se trompait. Alors j'ai couru de toutes mes forces afin de mûrir plus vite. J'apprenais dans mes lectures ce que je n'avais pas encore vécu, je m'éduquais dans les domaines qui l'intéressaient. Gianni avait une passion pour l'art, il était éditeur, je te l'ai dit, n'est-ce pas ? Chaque fois que je me rendais dans une ville pour réparer ou entretenir une horloge, je retardais mon retour, passant des journées entières à visiter les musées et à écouter leurs conférenciers. Dès que je rentrais, je récitais ma leçon à Gianni. Nous passions nos soirées à débattre, n'étant presque jamais d'accord sur l'interprétation d'une œuvre ou l'intention du peintre. Je voulais avoir raison, lui paraître plus expérimentée que lui. À cause de cela, il arrivait que les cris fusent, que les portes claquent, et même que nous fassions chambre à part. Au matin, quand Gianni apparaissait à la table du petit déjeuner, tout était oublié. Notre complicité grandissante n'atténuait pas ses angoisses, c'était même tout le contraire. Plus il m'aimait, plus je l'aimais et plus il voulait que je le quitte. Quand ce n'était plus supportable, je partais en voyage, pour travailler… et m'éloigner de lui. Je m'enfermais dans les salles obscures qui abritaient les mécaniques des vieilles horloges, je façonnais de nouvelles pièces ou modifiais leurs rouages quand il était impossible de les restaurer autrement. Chaque fois, je cherchais les fameuses pièces de la légende, une roue qui n'avait pas lieu d'exister… Ce fut le cas à Salisbury, Wells, Rouen, Prague et Exeter. Quelques années plus tard, j'en ai découvert une étrange dans l'horloge de Saint Mary à Ottery, une autre dans celle de Calstock, à Durham, puis à Venise, et la dernière à Rome. Lorsque le miracle se produisait, je voyais la main du grand horloger qui l'avait cachée là, je subtilisais aussitôt l'intruse, rêvant de pouvoir reconstituer un jour le secret. Je voulais croire à tout prix à cette légende, car quand on aime on croit que tout peut devenir vrai. Tu vois, finalement, c'est grâce aux colères de Gianni que je suis devenue un des maîtres horlogers les plus réputés. Mais je n'ai jamais su reconstituer la mécanique capable de ralentir le temps, celle qui en trente jours m'aurait donné la possibilité d'avoir l'âge de Gianni. Les femmes cherchent à rajeunir par tous les moyens, moi je voulais vieillir pour lui.

— Et moi, je pense qu'il n'avait pas conscience de la chance qu'il avait.

— Décidément, tu es un vrai gentleman, lâcha Adèle en souriant. Et toi, il y a une femme qui a compté dans ta vie ?

Jeremy se retourna nonchalamment vers la vitre.

— Je vois, enchaîna Adèle. Tu vas regarder la campagne pendant que je conduis et dans une heure, tu me diras « tiens, il y a des arbres » !

— Je ne crois pas avoir compté pour elle.

— Dis-m'en plus, je pourrai te donner mon avis, si mon avis t'intéresse…

— Vous espériez me piéger avec une remarque de ce genre ?

— Où vous êtes-vous rencontrés ?

— Dans l'exploitation de ma mère. Elle travaille à la comptabilité.

— Et ta comptable a un prénom ?

— Camille.

— Lequel des deux s'est épris de l'autre en premier ?

— Lorsqu'elle a été embauchée, j'ai eu tout de suite des sentiments pour elle. Camille parle beaucoup, mais pose peu de questions ; moi, c'est le contraire, comme vous avez dû le constater. Nous étions complémentaires. Elle était si contente d'avoir obtenu ce poste à la ferme qu'elle respirait la joie. Camille aimait les animaux, mais elle n'avait pas eu les moyens de faire des études pour devenir vétérinaire. Apprécier la compagnie des bêtes et s'en occuper sont deux choses différentes. Pour les soigner il ne suffit pas d'avoir envie de les caresser. Je n'avais d'yeux que pour Camille, mais elle ne me voyait pas, alors j'ai détourné mon regard pour ne pas être pesant. La journée, ce n'était pas difficile, j'étais très occupé à réparer ou conduire le matériel agricole et quand la nuit tombait, je n'avais plus la force de penser à qui que ce soit. Pendant deux ans, nous nous sommes croisés, avec de simples bonjours et au revoir ; et puis au début du troisième été, je venais tout juste d'arriver, elle s'est comportée différemment. Je m'étais laissé pousser la barbe, ça lui a peut-être plu.

— Elle est tombée amoureuse parce que tu étais barbu ?

— Vous le savez, vous, pourquoi on tombe amoureux ? En tout cas, ce fut un vrai coup de foudre. Quand je l'emmenais à bord de Berlioz, j'avais l'impression d'être le héros du film *Le Patient anglais*.

— Qui est Berlioz ?

— Un petit avion d'épandage, un coucou à une place, mais Camille est si légère qu'elle se glissait facilement dans le cockpit.

— Tu sais piloter ?

— Il est bien plus facile de virer sur l'aile sans décrocher que de faire tourner une moissonneuse au bout d'un champ sans louper un sillon, croyez-moi. On a connu deux ans de bonheur, je la retrouvais les week-ends, et la semaine je ne pensais qu'à elle. J'ai quitté mon père et la ville pour m'installer à la ferme et passer tout mon temps auprès de Camille. Ça ne nous a pas réussi. Elle ne supportait plus mes silences, m'en voulait d'être fatigué le soir et me reprochait que l'on ne sorte pas assez. J'avais beau faire tous les efforts possibles… elle ne les remarquait plus, même quand je m'habillais pour lui plaire. Enfin, rien que des choses banales quand l'usure finit par avoir raison d'un couple. Mon père est tombé malade, alors je suis retourné passer mes semaines en ville pour l'aider. Un soir, alors que je partais prendre le train, j'attendais près d'une barrière au bout du chemin et Camille s'est contentée d'un geste de la main pour me dire au revoir ; je ne suis plus revenu.

— Et tu es monté sur ce bateau ?

— Un peu plus tard, mais pas à cause d'elle. J'avais trouvé ce travail à l'église et quand mon père est mort, j'ai su que je ne pourrais jamais retourner auprès de ma mère. Elle n'était pas venue à son enterrement, sous prétexte qu'une jument qu'elle aimait beaucoup avait eu un poulinage compliqué. Je suis désolé d'évoquer ça alors que vous avez le cœur en vrac.

— Cette Camille n'avait donc rien compris.

— Compris quoi ?

— Que dans tes silences tu l'écoutais et que dans tes regards perdus tu ne voyais qu'elle ? Elle n'a rien vu de l'homme que tu es, ta délicatesse, ta curiosité, elle est passée à côté de cette lumière qui jaillit de tes yeux ? Que voulait-elle de plus ? Un homme qui ne sait aimer qu'au centre de son monde ?

Et Adèle se tut aussi soudainement qu'elle s'était emportée.

9.

Lorsqu'ils s'arrêtèrent une heure plus tard à une station-service, Jeremy remplit le réservoir et acheta deux sandwichs. Ils les savourèrent à vingt kilomètres de là sous un saule qui versait une ombre douce sur un chemin.

— C'est lui qui vous l'a offerte ? demanda Jeremy en jetant un œil sur la Giulia.

— Non, c'est le garagiste chez qui tu as travaillé qui me l'a vendue. Vienne…

— Quoi, Vienne ?

— Je l'avais achetée avec l'argent gagné à Vienne. Une horloge très complexe à réparer ; deux maîtres s'y étaient cassé les dents, j'ai réussi là où ils avaient échoué. Mais Gianni trouvait cette voiture trop puissante et dangereuse.

— Il n'avait pas vu à quel point vous conduisez bien, ironisa Jeremy. On est encore loin de sa maison ?

— Si tu veux bien terminer ton sandwich, nous arriverons ce soir.

— Si c'est ce que vous voulez... répondit Jeremy en mordant dans le pain.

❋

La route serpentait entre les collines. Jeremy guettait le moment où apparaîtrait la maison dans laquelle Adèle avait vécu avec Gianni ses années heureuses. Balayant le paysage, son regard glissait parfois discrètement vers le visage d'Adèle, ou ses mains. Dans les virages, elle tenait le volant fermement, mais dès que la route redevenait droite, ses doigts se desserraient. À deux reprises, les yeux de Jeremy se posèrent sur ses cuisses. Il se laissa aller à imaginer le contact de sa peau, ce qui le fit rougir de désir. Un désir différent de celui qu'il avait éprouvé pour Camille. Il avait aimé faire l'amour avec elle, mais ce qu'il ressentait alors relevait d'une pulsion ; là, c'était un sentiment, une émotion qui lui nouait le ventre. La voiture longea une clôture de barrières blanches qui semblait n'en plus finir. Soudain, les traits d'Adèle se durcirent. Jeremy pensa qu'elle avait lu dans ses pensées et qu'elle était en colère contre lui.

— Ce n'est pas ce que vous croyez, souffla-t-il.

— Qu'est-ce que je suis censée croire ? répondit-elle sèchement.

— Vous êtes fâchée ?

— Qui t'a dit que j'étais fâchée ?

— Votre tête.

— Je ne comprends rien à ce que tu me dis.

— Depuis que nous avons dépassé le grand portail en fer forgé, vous êtes sacrément en colère.

— Alors c'est peut-être ce portail qui m'a mise en colère, tout ne tourne pas autour de toi.

Soit elle était très forte et niait l'évidence, soit quelque chose lui échappait. Il voulait en avoir le cœur net.

— Je peux savoir ce qui s'est passé entre vous et ce portail ?

— Non, je n'ai aucune envie d'en parler.

— Je n'ai jamais vu quelqu'un se mettre en rogne contre un portail, à moins que… vous connaissez cette propriété ? Elle a l'air immense, elle appartenait aussi à votre mari ?

— Nous n'avons jamais été mariés et puis nous n'aurions pas voulu vivre dans une demeure aussi prétentieuse.

— Donc vous la connaissez. Elle appartient à qui, alors, cette demeure prétentieuse ?

— Tu es passé à côté de ta vocation, tu aurais dû être flic.

— Possible, mais ça ne répond pas à ma question.

— Elle appartient à un homme aussi prétentieux que sa maison. Maintenant, changeons de sujet.

— Il fait quoi ce type dans la vie ?

— Camille ne t'a jamais dit que tu pouvais être agaçant ?

— Laissez Camille où elle est.

— D'accord, si tu laisses Alberto là où il est.

— Qu'est-ce qu'il vous a fait, cet Alberto ?

— Tu es impossible, je t'ai dit que je ne voulais pas en parler.

— J'avais entendu. Parfois, au début, les mots restent coincés dans la gorge. Mais si on fait un effort, on se rend compte que partager ce qui vous pèse sur le cœur, le rend plus léger. Je le sais parce que je ne m'étais jamais confié à propos de Camille, et d'en avoir parlé un peu avec vous, ça m'a fait un bien fou.

— Comme de te donner le courage de la rappeler ?

— C'est dingue ce que vous êtes douée pour deviner les petits secrets des autres. Sur le bateau, j'ai même pensé que vous étiez incollable. Mais avec moi, vous êtes atteinte d'une myopie terrifiante. C'est comme les voyants, il y a des gens pour lesquels ils ne voient rien. Alors si vous ne voulez pas me dire ce qu'il vous a fait, racontez-moi au moins qui est cet Alberto.

— Quelqu'un qui, à force d'avoir du pouvoir, a cru qu'il les avait tous.

— Je vois, un homme qui abuse de son pouvoir et une femme aussi belle que vous, ne m'en dites pas plus, je pourrais aller l'étrangler.

— À la bonne heure, soupira Adèle.

Jeremy inspira longuement, et garda le silence, tout en fixant Adèle avec insistance.

— C'est une manie chez toi, encore une fois tu ne me laisseras pas tranquille tant que je ne t'aurai pas tout raconté, n'est-ce pas ?

— Vous avez fait des progrès hallucinants en voyance.

— Alberto a longtemps été le préfet de la région, une personnalité incontournable. Je ne sais pas si j'étais belle, mais il m'avait dans le collimateur. Lorsque le maire et le curé m'ont nommée maître horloger de la ville, ils ont organisé une petite réception en mon honneur. C'est là que je l'ai rencontré. Il n'a pas tardé à me faire des avances, courtoises au début, et devant mes refus répétés, un soir, sa courtoisie a disparu.

— Vous étiez avec lui un soir ?

— Je revenais de voyage, ma voiture était tombée en panne tout près de cet horrible portail.

J'ai attendu une heure sur le bas-côté, à espérer que quelqu'un s'arrête pour m'aider. Alberto rentrait chez lui dans sa magnifique décapotable.

— Il roulait aussi en cabriolet ?

— Le sien est une luxueuse voiture de collection, rien à voir avec ma vieille guimbarde, et cela n'a aucune importance. Il s'est arrêté et m'a proposé de m'accueillir dans sa maison le temps d'appeler une dépanneuse, précisant que si elle devait tarder, son majordome me raccompagnerait chez moi.

— Vu son comportement à votre égard, vous n'étiez pas sur vos gardes ?

— Bien sûr, mais que voulais-tu que je fasse, seule sur une route aussi peu fréquentée, alors que la nuit commençait à tomber ?

— Logique, donc vous êtes montée dans sa voiture de luxe et les choses ne se sont pas déroulées comme prévu.

— C'est reparti pour l'interrogatoire ! Une fois chez lui, en attendant que son majordome fasse venir un dépanneur, il m'a offert à boire. Je venais de passer une heure en plein soleil, je mourais de soif. Il m'a conduite dans son bureau où la cuisinière nous a servis. Dès qu'elle s'est retirée, Alberto s'est avancé pour me faire la conversation ; puis il s'est approché de plus en plus.

— C'est bon, épargnez-moi la suite, souffla Jeremy, voyant qu'un voile de larmes faisait briller les yeux d'Adèle.

— Tu voulais tout savoir ! Alberto m'a plaquée au sol et m'a embrassée de force, poursuivit-elle. Je me suis débattue, j'ai eu beau crier, pour que la cuisinière m'entende, ce qui fut le cas, je l'ai compris dans son regard quand je suis repartie, mais elle n'est pas intervenue. Alberto est parvenu à déboutonner mon bustier, ses mains couraient sur mon corps. J'ai réussi à lui donner un coup qui l'a surpris, suffisamment pour que j'échappe à son emprise. Je suis sortie de son bureau et la cuisinière est enfin apparue dans l'entrée, m'ordonnant de m'enfuir. J'ai couru dans l'allée jusqu'au portail, puis sur la route, quand une autre voiture est arrivée à ma hauteur, c'était le chauffeur d'Alberto. Il m'a suppliée de monter, jurant qu'il avait reçu l'ordre de me raccompagner chez moi. Ce ne devait pas être la première fois qu'un tel incident se produisait, car, pour me convaincre, il m'a tendu une clé à molette. Si je me sentais en danger, je n'aurais qu'à le frapper avec, m'a-t-il expliqué.

— Et votre Gianni n'est pas allé vous venger ?

— Il n'en a jamais rien su.

— Tout se sait dans les provinces ; une femme belle comme vous, et un prédateur…

— Gianni se réfugiait souvent dans son monde, interrompit Adèle.

— Un monde loin de vous ?

Jeremy sentit monter en lui une colère comme il n'en avait jamais éprouvé. Une rage qui lui faisait se mordre les lèvres et s'enfoncer les ongles dans les paumes de ses mains. Il tapait du pied sur le plancher de la Giulia dans un mouvement incontrôlable.

— C'était il y a longtemps, ajouta Adèle. Et t'en parler ne m'a pas rendu le cœur plus léger. Je n'aurais pas dû te raconter cette histoire.

La voiture grimpa trois collines et traversa deux nouvelles plaines sans qu'Adèle et Jeremy ne prononcent un mot. Le ronronnement du moteur couvrait à peine le chant des cigales qui s'élevait avec la chaleur de l'après-midi. Et puis ils entendirent un cliquettement qui semblait provenir de l'avant.

— J'étais censée rouler des mois sans encombre, railla Adèle qui sentait le volant trembler sous ses mains.

Jeremy se pencha à la portière.

— On a crevé, je n'y suis pour rien.

— Évidemment, c'est ma faute.

— Ou celle d'un clou ou d'un caillou pointu sur la route, les vieux pneus ont la peau tendre.
— Tout le contraire des humains.
— Arrêtez-vous là, je vais changer la roue, ce qui évitera que vous passiez vos nerfs sur moi.

Adèle se rangea le long d'un fossé. Jeremy descendit et ôta sa veste avant d'aller chercher la roue de secours et la trousse à outils dans la malle arrière. Quand la Giulia commença à se soulever sous l'effet du cric, Adèle ne bougea pas d'un pouce.

— C'est vraiment très adulte de bouder comme ça, et puis c'est le cric qui fait tout le boulot, pas moi, cria Jeremy.

Il s'empara de la clé en croix et donna des coups de talon pour dégripper un à un les boulons.

Pendant qu'il s'affairait, agenouillé devant la roue à plat, son portefeuille glissa de la poche intérieure de sa veste sur le fauteuil où il l'avait jetée. Adèle observa le cuir patiné d'un œil distant, jusqu'à ce que sa curiosité l'emporte. En l'ouvrant, elle découvrit, derrière quelques billets, une photo de Camille et une coupure de presse pliée en deux. Elle s'attarda d'abord sur la photo, trouvant Camille bien plus jolie qu'elle ne l'avait imaginé. Elle rangea la photo avant de s'intéresser à ce papier jauni qu'elle tenait dans sa main. Le court article publié dans un journal local relatait des vols commis dans une paroisse. Un bréviaire, une coupe en argent, un crucifix en bois serti de pierres semi-précieuses, l'inventaire faisait état de la disparition d'une dizaine d'objets religieux. En attendant les conclusions de l'enquête, l'organiste, suspecté par la police, avait été suspendu de ses fonctions. Adèle replia le papier jauni et le remit à sa place, ainsi que le portefeuille.

Peu après, elle entendit grincer le cric et sentit la Giulia retrouver progressivement sa position horizontale. Jeremy balança la roue crevée dans la malle, replaça la trousse à outils dans son logement et claqua le coffre.

— Maintenant, elle pourra rouler des mois, mais il faudra penser à faire réparer cette roue, on peut crever à nouveau, dit-il en s'asseyant.

Adèle lança le moteur, sans lui répondre.

Après le franchissement d'un col, la voiture déboucha dans une vallée sans fin. Les collines que l'on apercevait au loin devaient se trouver à plus de cent kilomètres de là.

— Vous croyez qu'on arrivera avant la nuit ? demanda Jeremy en regardant la pendule du tableau de bord.

— Tu veux que je roule plus vite ?

— Non, c'était juste une question. Vous allez m'en vouloir longtemps pour ce que vous a fait Alberto ?

— Je ne t'en veux pas.

— Je comprends et je vous promets de ne plus poser de questions. Sauf si vous avez envie de parler, dans ce cas, n'hésitez pas.

— Je n'y manquerai pas, répondit Adèle en tournant le bouton de la radio.

Jeremy patienta le temps de deux chansons avant de caler la fréquence sur une station de jazz. Django était pour lui le plus grand guitariste du monde, mais il se garda de partager son opinion avec Adèle et se remit à observer le paysage. Des champs où le blé et l'orge étaient encore dressés, deux moissonneuses qui fauchaient la luzerne. La Giulia continuait sa route ; au loin une ramasseuse avançait lentement, recrachant par moments une balle de fourrage. L'exploitation s'étendait à perte de vue, elle devait être au moins deux fois plus importante que celle de sa mère. Des mottes de terre apparurent sur la route, et Jeremy entendit dans sa tête le bruit sourd des tracteurs, quand il rentrait le soir ; on verrait bientôt les enclos, puis les silos et les toits des bâtisses. Il se contorsionna pour regarder de plus près. Une idée lui avait traversé l'esprit.

— Vous pouvez tourner dans le chemin qui mène là-bas ? demanda-t-il en montrant les corps de ferme.

— Cela te rappelle des souvenirs ? Après tout, pourquoi pas, une pause me fera le plus grand bien.

La Giulia bifurqua sur une piste en terre, Jeremy guida Adèle sur un chemin au bout duquel se dressaient des hangars ; l'un d'eux semblait l'intéresser plus que les autres.

— Arrêtez-vous là, ordonna-t-il. Je n'en ai pas pour longtemps.

Adèle le vit s'éloigner vers un homme qui marchait le long d'une barrière.

*

En les voyant parler si longtemps, Adèle supposa que Jeremy évoquait des souvenirs avec ce fermier, ou bien qu'ils discutaient comme deux passionnés partageant leurs enthousiasmes et leurs découragements, mais la conversation s'éternisait. Elle klaxonna, afin de rappeler à Jeremy qu'ils avaient encore de la route à faire. Le fermier se retourna vers elle et haussa les épaules. Jeremy le suivit vers un côté du hangar et tous deux disparurent.

— Mais qu'est-ce qu'ils fabriquent ? grommela-t-elle.

La porte du hangar coulissa dans un grincement strident, Adèle vit apparaître un avion que le fermier et Jeremy poussaient lentement au-dehors. Avec ses deux ailes superposées et sa voilure en toile, le gros nez de son hélice brillant dans la lumière, il avait l'air d'un jouet d'une taille extraordinaire.

— Vous avez déjà volé ? demanda Jeremy.

Et comme Adèle semblait intriguée, sans être convaincue, il enchaîna.

— J'imagine que vous avez déjà admiré les nuages à travers un hublot, mais là il s'agit de faire partie du ciel. Prendre le bus et conduire votre cabriolet, ce n'est quand même pas pareil, non ?

— Tu veux vraiment que je monte à bord de ce vieux coucou, c'est ça ton idée ?

— Je voudrais que vous me fassiez confiance, c'est ça mon idée.

— Tu as une licence de pilote au moins ?

— Est-ce que j'ai demandé à voir votre permis quand je suis monté dans votre voiture ? D'accord, ce Grumman est un peu plus pataud que Berlioz, mais il a l'avantage d'être un deux-places, son moteur est plus puissant et comme la piste est longue, il n'y a vraiment aucun problème.

— Quelle piste ? s'inquiéta Adèle qui n'en voyait aucune.

Jeremy lui montra le sentier qui apparaissait vaguement au milieu des blés.

— Le propriétaire a bien voulu me le confier une petite heure, alors nous n'avons pas la nuit devant nous, surtout si nous voulons retrouver notre chemin au retour. Allez, qu'est-ce que vous avez à perdre ?

— La vie ? rétorqua Adèle en s'approchant.

— Sans blague, rétorqua Jeremy, en croisant les mains pour lui faire la courte échelle.

Adèle hésita puis se laissa emporter. Dès qu'elle posa le pied sur la marche d'appui, elle se sentit soulevée de terre par Jeremy. Un instant plus tard, elle était installée dans l'habitacle.

— Ça va souffler fort. Mettez ça, dit-il en lui tendant une paire de lunettes d'aviateur. Puis il posa des écouteurs sur ses oreilles et ajusta le manchon du micro.

Il prit place derrière elle, s'équipa de la même façon et lui demanda si elle était prête. Adèle ne l'était pas du tout, mais elle acquiesça d'un signe de tête. Jeremy appuya sur le bouton de la magnéto et lança le moteur.

Le vrombissement était assourdissant, l'appareil avança, bringuebalant dans le champ.

Jeremy poussa la manette des gaz, le biplan se mit à sautiller sur le sol accidenté et s'envola soudain dans les airs. L'estomac d'Adèle décolla en même temps, et elle eut un haut-le-cœur. Les sensations n'avaient rien à voir avec celles qu'elle avait connues dans un avion de ligne. Jeremy n'avait pas menti ; dès qu'ils gagnèrent de l'altitude, elle eut l'impression d'être un oiseau en plein vol. La campagne se dévoilait à des kilomètres à la ronde et plus ils montaient, plus l'horizon s'étendait. Quand Jeremy survola la ferme, la Giulia n'était plus qu'une petite tache verte près du hangar gris. Jeremy aligna le biplan pour suivre la route par laquelle ils étaient arrivés. Le franchissement des collines s'effectua cette fois en ligne droite, faisant fi des lacets ; de temps à autre il inclinait l'avion sur l'aile, sans heurt, pour ménager sa passagère. Elle entendit sa voix grésiller dans les écouteurs.

— Ça vous dirait de tenir le manche ? Prenez-le avec douceur, ces coucous sont nerveux comme des pur-sang, alors pas de coup sec sur les rênes, si vous voyez ce que je veux dire.

Ne vous inquiétez pas, je suis là pour corriger. Allez, commencez par un petit mouvement à droite, vous verrez, c'est facile.

Bien qu'ignorant tout du pilotage, Adèle regarda le badin sans la moindre appréhension. C'était même tout le contraire, l'excitation la gagnait et elle en fut surprise. Le vent avait beau gifler ses joues, les lunettes comprimer ses yeux, et le harnais, que Jeremy avait serré trop fort, lui écraser la poitrine, elle se sentait follement libre. Elle avait vingt ans et plus peur de rien. Elle effleura d'abord le manche avant de l'agripper, comme elle agrippait le volant de la Giulia. Elle inspira un grand coup avant de le basculer vers la droite. Les ailes s'inclinèrent dans un virage gracieux, Jeremy avait contrebalancé le mouvement, poussant sur les pédales du palonnier, pour que l'avion ne glisse pas vers le sol.

— Remettez-le à l'horizontale, dit-il.

Quand le Grumman retrouva sa position, Adèle était drôlement fière d'avoir réussi sa manœuvre.

— Tu nous ramènes en arrière, s'exclama-t-elle, en regardant la route.

— Je sais, mais je n'avais aucune envie d'aller de l'avant, avoua Jeremy.

⁂

Un quart d'heure plus tard, ils survolèrent le portail en fer forgé dont la vue avait assombri l'humeur d'Adèle. Jeremy put enfin découvrir ce qui se cachait derrière les barrières. Un mas, coiffé de tuiles ocre, surplombant, depuis la colline où il s'étendait, des hectares de vignes parfaitement entretenues courant sur des vallons. L'avion piqua du nez et fit un premier passage au-dessus de la propriété.

— À quoi tu joues ? s'inquiéta Adèle.

Jeremy vira sur l'aile et effectua un deuxième passage, rasant d'encore plus près les toitures de la demeure.

— Tiens, un luxueux cabriolet ! Ce ne serait pas sa voiture garée devant la bâtisse ? Vous croyez qu'Alberto est chez lui ?

— Remonte immédiatement et éloignons-nous d'ici, ordonna Adèle qui songeait à s'emparer du manche.

Jeremy lui avait montré comment virer, mais pas comment grimper. Ne sachant s'il fallait tirer dessus ou le pousser vers l'avant, elle s'abstint. Elle eut beau hurler, Jeremy amorça un troisième piqué.

Un homme sortit en courant de la maison, la tête levée vers le Grumman qui reprenait de l'altitude.

— Vous voyez cette poignée rouge à votre droite ? À mon signal, abaissez-la, expliqua Jeremy en virant encore.
— Tu as l'intention de m'éjecter ?

Jeremy éclata de rire.

— Si j'obéis, tu me jures que nous partirons d'ici ?
— Je le jure, mais je suis prêt à parier que vous aurez envie qu'on s'attarde un peu.
— Qu'est-ce que tu mijotes ?
— Vous verrez bien.
— Ce n'est pas risqué ?
— Question de point de vue, répondit Jeremy.

L'avion plongea vers l'homme qui s'agitait en vociférant près de sa voiture.

— Maintenant, ordonna Jeremy.

Adèle s'exécuta, elle entendit un souffle, suivi d'un étrange bruit d'écoulement. Des buses accrochées sous les ailes s'échappa un liquide brunâtre qui tomba comme une pluie lourde sur l'homme et sa luxueuse voiture. Le Grumman remonta aussitôt.

Adèle se pencha sur le côté de la carlingue. Alberto était maculé des pieds à la tête, il regardait, enragé, sa voiture aussi souillée que lui, comme le porche de la maison.

— Un dernier rase-mottes et on rentre au bercail, promit Jeremy.

Quand l'appareil passa au ras du sol devant Alberto éberlué, Jeremy le salua de la main, puis il reprit de l'altitude en battant des ailes et fit route vers la ferme.

— Je crois qu'il vous a reconnue, dit-il.

Adèle ne sut quoi répondre, incapable d'exprimer ce qu'elle ressentait.

— Ce produit était toxique ?
— Moins toxique que lui. Ce n'est que de l'engrais, mais je reconnais que cette saloperie est particulièrement tenace. Il aura beau se doucher encore et encore, Alberto va puer le crottin pendant des jours ; le voilà devenu vraiment infréquentable. Quant à sa belle voiture, je doute qu'il réussisse à convaincre qui que ce soit d'y monter pour faire un tour, à moins que sa nouvelle victime ne soit sacrément enrhumée.
— Pourquoi tu as fait ça ? demanda Adèle.

— C'est vous qui avez tiré sur la manette. Moi, je me suis contenté de piloter.

Adèle n'entendit plus que le vrombissement du moteur et le sifflement du vent. Ils passèrent entre deux collines et débouchèrent bientôt dans une large vallée. Elle reconnut au loin l'exploitation agricole. Le soleil commençait à décliner. Derrière la ligne d'horizon, le ciel empruntait déjà les couleurs fauves du soir.

— On arrivera à temps, dit Jeremy.

— Qu'as-tu raconté à ce fermier pour qu'il accepte de te prêter son avion ?

— Que je comptais vous demander en mariage, c'est un sentimental, il n'a pas pu me le refuser…

— Tu as dit quoi ?

— Qu'est-ce que je regrette de ne pas voir votre tête, ce doit être irrésistible ! On a juste sympathisé, je lui ai raconté deux anecdotes sur mes vols avec Berlioz, il a vu que je ne bluffais pas, alors il m'a parlé d'Hector, notre zinc d'aujourd'hui. Chez les gens de la terre, c'est aussi simple que ça, quand on le peut, on s'entraide, parce qu'il n'y a personne d'autre sur qui compter.

— Je ne t'avais pas demandé de me venger.

— Un merci suffira, répondit Jeremy.

Le Grumman se posa peu après. Jeremy le fit rouler jusqu'au hangar. Adèle ôta son casque, ses lunettes et se frotta les cheveux pour y remettre un peu d'ordre. Le fermier s'approcha pour l'aider à descendre. Jeremy qui avait terminé la check-list sauta à son tour au pied de l'appareil.

— Tout s'est bien passé ? demanda le propriétaire de l'avion.
— C'était merveilleux, merci beaucoup, répondit Adèle.

Elle montra son annulaire gauche en se fendant d'un sourire et se dirigea vers la Giulia.

10.

Ils n'arriveraient pas chez Gianni ce soir. Adèle demanda à Jeremy de prendre la carte routière dans la boîte à gants.

— Cherche un endroit dans le coin où nous pourrons passer la nuit.

Jeremy déplia la carte.

— Comment savais-tu qu'il y avait un avion dans ce hangar ?

— Quelle est la probabilité de trouver un cheval dans une écurie ou des poules dans un poulailler ? Une manche à air était dressée juste à côté, c'était une bonne indication.

— Tu as décidément réponse à tout.

— Si c'était le cas, je me sentirais plus à l'aise dans la vie. Il y a un petit hôtel à vingt kilomètres, vous n'aurez qu'à tourner à droite à la prochaine fourche. Ça vous ennuie si je passe la nuit dans la voiture ?

— Pourquoi ferais-tu une chose pareille ?
— J'aime bien dormir à la belle étoile.
— Si c'est à cause du prix de la chambre, ne t'inquiète pas pour cela.
— Je ne m'inquiète pas, mais je n'y tiens pas.
— Tu n'as plus d'argent ?
— Je vous l'ai dit, j'aime…
— … voir les étoiles, seulement je ne te crois pas. Quelque chose me dit que si je te demandais d'ouvrir ton portefeuille, il serait bien vide.
— D'accord, j'ai donné tout ce que j'avais au fermier, mais l'addition a été plus salée pour Alberto que pour moi, ça en valait la peine. Dites donc, vous avez fouillé dans mon portefeuille ?
— Il a glissé de la poche de ta veste pendant que tu changeais la roue, je l'ai remis à sa place. J'aurais pu y trouver quelque chose que je n'aurais pas dû voir ?
— À vous de me le dire.

Adèle le regarda fixement.

— Demain matin, dit-elle, rappelle-moi de nous arrêter à la première station-service pour faire réparer ce pneu crevé.
— Je n'avais pas oublié, assura Jeremy.

✵

Un peu plus tard, Adèle gara la Giulia sur le parking d'un petit hôtel. Elle n'avait pas prévu que le voyage se prolongerait.

— Pas de problème, dit Jeremy à la réceptionniste qui le regardait d'un air gêné. La chambre libre est pour madame, je ne dors pas ici ce soir.

Adèle le pria de se taire, elle demanda qu'on monte son bagage et l'entraîna vers la salle à manger.

Elle consulta le menu, commanda pour eux deux et attendit en silence qu'on les serve.

— Je pensais être prête, mais je me trompais.
— Vous redoutez ce qui vous attend demain ?
— On se trompe tous sur l'idée que l'on se fait de vieillir un jour.
— C'était pourtant ce que vous souhaitiez, non ?
— Je me suis rendu compte que cela m'arrivait en revoyant des films que j'avais aimés, en réécoutant des musiques que je me passais en boucle quand j'avais vingt ans. Avoir la nostalgie d'une époque vous fiche un coup terrible. Je ne connais pas d'antidote à cela.
— Découvrir de nouvelles musiques, vivre avec le même appétit… Et puis arrêtez avec vos histoires, vous n'êtes pas vieille.

— Tu es le plus mauvais menteur que je connaisse, et j'en ai connu quelques-uns. Ce qui est très embêtant, car chez toi c'est vraiment charmant.

— Je ne mens pas.

— Rien qu'en disant cela, tu mens encore plus.

— Ce que vous pouvez être têtue, voilà une manie qui vous vieillit.

— Merci.

— Et bizarre aussi, je vous critique et vous me remerciez.

— Têtue ? Je l'étais déjà enfant. Merci pour ce baptême de l'air.

— Vous aimez la musique ?

— Disons que j'ai beaucoup fréquenté les disquaires et que j'ai acheté beaucoup trop de disques. Je trouvais merveilleux que la culture se transmette à travers des objets ; des objets au milieu desquels on vit, tu comprends ?

— Comme les livres ?

— Oui, comme les livres et les photos que l'on accroche au mur. Quand j'ai quitté Gianni et me suis installée de l'autre côté de l'océan, je n'ai cessé de collectionner des jolies choses, le plus souvent inutiles. J'ai continué, même quand cela ne me procurait plus les émotions que je ressentais dans le passé. Il y a quelques jours, en fermant la porte de chez moi, je n'y ai vu que des souvenirs et des objets futiles.

— Alors vous êtes partie, seulement avec cette petite valise.

— Je suppose que ceci explique cela.

— Que ferez-vous après-demain ? Reprendre le bateau pour retrouver ces choses futiles, alors que tant d'horloges ont besoin de vos soins ?

— Je n'ai plus envie de réparer le temps, dit Adèle à qui les larmes montaient aux yeux, il faut bien que je devienne un peu raisonnable, non ?

— Alors c'est cela l'expérience, un renoncement ? Vous vous rendez compte de la chance que vous avez de posséder un savoir qui peut changer la vie des autres ?

— Je ne crois pas que régler une horloge...

— Et tous ces villageois qui n'ont plus jamais craint d'arriver en retard, vous n'avez pas changé leur existence ? Et tous ceux qui sont arrivés à l'heure aux rendez-vous qui comptaient le plus dans leur vie ? Ces amants qui se sont retrouvés après une longue attente, tout cela, ce n'est pas important ?

— Je suppose que si, répondit Adèle.

La serveuse les interrompit pour leur servir les plats.

— Je ne t'ai même pas posé la question, tu aimes le poisson ?
— Et vous ? Pourquoi en commander à chaque fois alors que vous n'y touchez jamais ?
— Tu sembles savoir mieux que moi ce que j'aime.

Jeremy rappela la serveuse pour lui demander de débarrasser l'assiette d'Adèle et de lui apporter un assortiment de fruits et de fromages frais, le tout accompagné de pain grillé, de seigle de préférence, si la maison en avait. Adèle attendit qu'elle se retire.

— Tu es vraiment étonnant ! Quelle était la véritable raison de ton départ ?
— Ne changez pas de sujet. Qu'est-ce qui vous empêche d'être heureuse ? Vous pensez que quand Gianni est mort, une part de vous est partie avec lui ? J'ai ressenti la même chose quand mon père m'a quitté. Je me demandais ce qu'il resterait de nos souvenirs, et ce que valaient les miens puisque les siens avaient disparu avec lui. Je me suis juré de ne jamais oublier son visage et sa voix, ce que j'aimais et détestais de lui, sa grandeur d'âme comme ses petites manies. Et vous voudriez renoncer au bonheur parce que l'homme que vous avez aimé n'est plus là, alors qu'il vous

avait quittée bien avant de mourir ? Mon père au moins n'avait pas prémédité son coup.

— Aimer n'est pas aussi simple que tu l'imagines, répondit Adèle. Tu le comprendras forcément un jour, tu es déjà très doué. Je suis fatiguée de prétendre que tout va bien, ajouta-t-elle.

— Alors arrêtez de prétendre et expliquez-moi ce qui n'est pas si simple.

— Gianni avait toutes les qualités dont je pouvais rêver, mais c'était un homme fier. Un jour, alors que nous dînions ensemble comme nous le faisons ce soir, il s'est penché vers moi avec son merveilleux sourire pour me demander si j'étais pleinement heureuse. Je connaissais suffisamment les intonations de sa voix pour ne pas ignorer qu'en formulant cette question, il avait autre chose en tête que d'écouter ma réponse. D'ailleurs sans attendre, il m'a déclaré que vivre à deux, c'était changer ensemble, et lorsque cela devenait impossible par la force des choses, il fallait avoir le courage de prendre des décisions. Mon cœur s'est mis à battre comme jamais, submergé d'une tristesse dans laquelle je me noyais. Gianni a pris ma main et l'a embrassée avec une tendresse infinie, sans que je puisse déceler ce désir qui brillait d'ordinaire dans ses yeux. Nous allions fêter nos vingt ans ensemble, j'approchais de l'âge qu'il avait lorsque nous nous étions rencontrés. Il voulait que je poursuive ma vie sans lui. Je ne comprenais pas, ou peut-être que je ne voulais pas comprendre. La vérité est qu'il ne supportait pas l'homme qu'il était en train de devenir, il ne s'aimait plus et ne savait plus dès lors comment m'aimer.

— C'est quand même fou le nombre de conneries qu'il a pu vous dire.

— Oui, je l'avoue, et parfois en un temps record.

— Fuir le bonheur de peur qu'il ne se sauve, c'est d'une bêtise... Non, si vous voulez mon avis, c'est surtout lâche.

— Tu as probablement raison.

— Et quand il vous a annoncé cela, qu'avez-vous fait ?

— À part le détester ? Je l'ai quitté, le soir même.

— C'est ce qu'il souhaitait, non ? Vous lui avez rendu service.

— Je ne pense pas qu'il souhaitait que cela arrive aussi brutalement.

— Monsieur voulait donner un préavis, choisir son heure pour vous crucifier ?

— Tu en as donné un à Camille quand elle a cessé de t'aimer ?

— Si vous ressentez encore le besoin de vous défouler sur moi, allez-y, ça m'est égal. Et c'est juste après l'avoir quitté, que vous avez pris le bateau ?

— Non, pas tout à fait.

— Évidemment… vous avez un peu arrangé l'histoire que vous m'avez racontée. En fait, c'est à compter de ce jour-là que vous êtes partie courir le monde pour trouver le secret des grands horlogers.

— C'est vrai, j'avoue, mais toi aussi tu as un peu arrangé l'histoire que tu m'as racontée sur les raisons de ton départ. Pourquoi me regardes-tu comme ça ? Tu penses que je me suis comportée comme une idiote ?

— Pas du tout. Cet homme était imbu de lui-même et ce geste qui se voulait généreux relève pour moi d'un sacré égoïsme. Je lui en veux de vous avoir fait souffrir… presque autant que je l'envie, peut-être même que je l'admire. Parce que, malgré ses défauts, ce ne devait pas être n'importe qui pour mériter d'être aimé comme vous l'avez aimé.

— Toi aussi, tu n'es pas n'importe qui. Ne laisse surtout pas Camille te faire croire le contraire.

— Comme il vous a fait croire que vous ne pourriez plus jamais aimer ?

Adèle fut stupéfaite.

— Je ne veux pas que tu dormes dans la voiture, les nuits sont beaucoup trop fraîches, tu risquerais d'attraper une maladie.
— Aucun risque, j'ai connu bien pire, j'ai la peau dure.
— Je ne veux pas que tu passes la nuit dehors, répéta Adèle. Parce que je n'ai pas envie de rester seule.
— Dans ce cas… répondit Jeremy, si vous me promettez que vous ne me dites pas cela rien que pour m'épargner de prendre froid…
— Je te promets de faire preuve d'un parfait égoïsme.
— Vous voulez que je m'attarde un peu ici ? Les gens n'ont pas cessé de nous observer avec des airs sévères, s'ils nous voient monter ensemble, ils risquent de se faire des idées.

Adèle balaya la salle du regard, avant de poser ses yeux sur le visage de Jeremy, il avait rougi.

— C'est à cause d'eux ou de moi que tu voulais passer la nuit dehors ?
— Ce n'était pas *à cause*, mais *pour* vous.
— Pour protéger ma réputation ? C'est très noble de ta part, mais tout à fait inutile. Il faut que je te raconte quelque chose. C'était il y a longtemps, je traversais la place où nous avons pris un café lorsque je t'ai retrouvé.

— Comment ça « retrouvé » ? Vous m'avez cherché en descendant du bateau ?

— Peut-être, je ne me le rappelle plus, et ne m'interromps pas. Nous étions en été, je portais une robe à fleurs, je m'en souviens car ce jour-là, je regrettais qu'elle ne soit pas plus longue et que mes jambes soient découvertes. Pourtant je l'adorais. Gianni me faisait la conversation, et je n'écoutais pas un mot de ce qu'il me disait. Les passants nous jetaient des regards qui me mettaient mal à l'aise. Un peu comme tu l'es maintenant ; Gianni m'a prise dans ses bras et m'a embrassée. Il avait le sens de la provocation. C'est le seul baiser de lui que j'ai détesté. Il m'a assuré que les autres étaient jaloux de la vie qui pétillait dans nos yeux quand les leurs étaient éteints. Lorsqu'il se promenait seul, personne ne faisait attention à lui, mais quand nous étions ensemble, c'était différent et c'était cette différence qu'ils ne supportaient pas. Qu'est-ce que cela peut bien faire ce que pensent les gens qui dînent ici ? Nous ne les reverrons jamais. Et puis, si c'était toi le plus vieux de nous deux, ils s'en ficheraient éperdument… Est-ce qu'une liqueur te ferait retrouver le sourire ?

Jeremy hocha la tête à trois reprises, il ajouta une moue digne d'un vieil acteur hollywoodien, pour se donner le temps de réfléchir un peu. Il repoussa d'un coup sa chaise, se leva et tendit son bras à Adèle. Ils traversèrent la salle sans prêter la moindre attention aux convives.

— Vous avez parfois de drôles d'idées. Imaginer que vous puissiez me mettre mal à l'aise par exemple, dit-il en prenant la clé des mains d'Adèle.

❋

La chambre était exiguë, avec un lit et une armoire pour tout mobilier. Adèle ôta ses chaussures et se retira dans la salle de bains. Elle en ressortit vêtue d'un peignoir, serré depuis la ceinture jusqu'au cou. Jeremy était allongé à même le sol, la tête posée sur l'un des deux oreillers qu'il avait pris sur le lit, les yeux clos.

— Ne sois pas idiot, demain tu seras fourbu. Va plutôt te doucher au lieu de faire semblant de dormir, et tu pourras venir te coucher dans ce lit. Ne te fais aucune idée, il ne se passera strictement rien.

— Je ne me fais aucune idée, répondit-il en se redressant d'un bond.

Ils passèrent ainsi la nuit côte à côte, dans une petite chambre, au premier étage d'un hôtel perdu dans la campagne. Adèle savait que le lendemain elle retrouverait la maison de Gianni. Et pourtant, elle s'endormit profondément.

Vers quatre heures du matin, en se retournant dans son sommeil, elle posa son bras sur la poitrine de Jeremy avant de se blottir contre lui. À compter de cet instant, il ne ferma plus l'œil, jusqu'au lever du jour où la fatigue eut raison de lui.

11.

Il était presque dix heures quand Jeremy se réveilla. On venait de frapper à la porte. En ouvrant les yeux, il découvrit qu'Adèle n'était pas là. La porte de la salle de bains était entrouverte, mais il ne percevait aucun bruit. Il s'assit dans le lit, regarda son reflet dans la glace de l'armoire et se frictionna les joues. Puis il se précipita sous la douche, étala du dentifrice sur son index pour se nettoyer les dents. Sa chemise était suspendue sur un cintre accroché à la fenêtre, froissée, mais déjà sèche. À quel moment Adèle avait-elle pu la laver sans qu'il s'en aperçoive ? Il s'habilla à la hâte, s'observa à nouveau, lissa son pantalon, ajusta son col et descendit l'escalier jusqu'à la réception. Il y croisa la serveuse.

— Ça y est, enfin réveillé ! C'est votre mère qui m'a demandé d'aller frapper à la porte de votre chambre. Elle vous attend dans la salle à manger. Elle vous a commandé un café, je viens de le servir, ajouta-t-elle, avant de retourner vers la cuisine.

Jeremy la rattrapa par le bras et lui jeta un air féroce :

— Elle vous a dit qu'elle était ma mère ?
— Non, je lui ai juste demandé si son fils prenait aussi du thé, elle m'a répondu que vous préfériez le café. Vous pouvez me lâcher maintenant ?

Jeremy libéra la serveuse qui s'en alla en haussant les épaules.

Adèle lisait un journal, elle tournait une page au moment où Jeremy s'installa en face d'elle.

— Je suis désolé, je ne me suis pas réveillé, ça ne m'arrive jamais.
— Je ne m'ennuyais pas, répondit-elle en poursuivant sa lecture.

Jeremy prit un croissant dans la corbeille, intrigué par le calme d'Adèle.

— Ça vous va bien de lire le journal. Et vous devriez porter plus souvent des lunettes, ça vous rend encore plus belle.
— Tu n'es pas en train de flirter avec moi, j'espère ?

— En vous accompagnant vers la maison où vous avez vécu avec l'homme de votre vie ? Ce serait une étrange façon de vous faire la cour, non ?

— Me faire la cour ? Décidément, tu ne parles pas comme un homme de ton âge, c'est déroutant. D'ailleurs, pourquoi tiens-tu autant à m'accompagner ? Tu avais sûrement des occupations plus passionnantes que me faire la conversation pendant que je conduis ?

— Je pourrais vous répondre « par bienveillance », mais ce serait un mensonge. Je n'avais pas pris de vacances depuis longtemps, je ne connais pas ce pays, vous si, qu'est-ce que j'avais à perdre ?

— Et ça, ce n'est pas un mensonge ? demanda Adèle en posant le journal sur ses genoux.

— Ça dépend. Hier quand vous m'affirmiez que l'opinion de ces gens que nous ne reverrons jamais vous était bien égale, vous disiez la vérité ? Je sais ce qui vous préoccupe. Seulement voilà, tout le monde ne peut pas exceller à ce petit jeu qui vous amuse tant.

— Quel jeu ?

— Prétendre tout deviner de la vie des autres, leurs secrets, qui ils sont vraiment. N'en veuillez pas à cette serveuse de s'être trompée sur nous, ça vous arrive aussi.

— Je ne prétends rien, je n'ai aucun don particulier, je me contente d'observer et d'écouter.

— Alors dites-moi ce que vous avez découvert sur moi que je ne vous aurais pas révélé.

— Comme la véritable raison de ton départ ?

— Vous n'avez rien deviné, vous l'avez découvert en fouillant dans mon portefeuille, ce n'est pas pareil.

— Nous en reparlerons tout à l'heure, termine ton petit déjeuner, je vais monter chercher ma valise et nous partirons ensuite.

❋

Adèle reprit le volant. Une heure s'était écoulée depuis qu'ils avaient quitté l'hôtel, et elle n'avait encore rien dit ; Jeremy se fichait éperdument du paysage, des cyprès perchés sur des collines, des champs de luzerne qui coloraient les champs de jaunes et de rouges flamboyants. Il ne regardait qu'elle.

Elle s'arrêta à la première station-service qu'ils croisèrent. Pendant qu'on réparait la roue, elle proposa à Jeremy d'aller faire quelques pas. C'est elle qui entama la conversation.

— Pourquoi ne m'as-tu pas avoué la vérité sur les raisons de ton départ ?

— Le fait que l'on m'accuse d'avoir volé des biens dans l'église où je jouais de l'orgue ? Et vous, pourquoi ne pas avoir réagi tout de suite quand vous l'avez appris ?

— Je n'aurais jamais dû ouvrir ton portefeuille, c'était indiscret de ma part. Mais tu t'en doutais et pourtant tu t'es tu.

— Ce n'est pas que vous ayez été indiscrète qui compte, mais ce que vous en avez pensé.

— Je n'ai rien pensé.

— Si, vous avez forcément imaginé que j'étais un voleur.

— Tu savais que c'était la femme du pasteur la coupable, pourquoi t'être laissé accuser à sa place ?

— Comment savez-vous cela ?

— Pendant que tu dormais, j'ai passé un appel. Le policier qui m'a répondu m'a informée que l'affaire était classée.

— Elle perdait la raison depuis un petit bout de temps, et ça ne faisait qu'empirer. Elle ne les volait pas, ces babioles, elle les rangeait quelque part, et oubliait où. Le pasteur était au courant, et fermait les yeux pour préserver la dignité de sa femme. Quand les paroissiens lui demandaient où était passé le crucifix ou le bréviaire, il était si désemparé que ça me fichait un bourdon horrible. Au début, je m'arrangeais pour jouer fort avant le début de la messe, histoire de les distraire quand ils entraient dans l'église. Mais c'est elle qui a appelé la police et m'a accusé de détrousser l'Église. Vous l'avez dit hier, qu'est-ce que ça pouvait bien faire qu'on me soupçonne d'être un voleur ? J'avais déjà pris la décision de m'en aller, à cause du prospectus. C'est dingue que vous ne m'ayez pas cru. Comment j'aurais pu inventer ça ? Et puis, je ne risquais pas grand-chose à me taire. Ils n'allaient pas lancer un mandat d'arrêt international pour des breloques en toc. De toute façon, le pasteur a fini par vendre la mèche. C'est parce que vous vous en voulez de m'avoir mal jugé, que vous m'avez caressé la joue comme si j'étais un enfant ?

Adèle plongea ses yeux dans ceux de Jeremy et sourit en silence. Alors il repoussa sa main et prit une grande inspiration.

— Je sais ce que vous voulez me dire, même si vous ne trouvez pas les mots, ou la force de les prononcer. À midi, nous entrerons dans un village où il y a une station d'autocars, je l'ai repérée hier sur la carte. C'est là que vous me demanderez de vous laisser. Ne vous inquiétez pas, je m'y suis préparé et je sais me débrouiller seul. Je trouverai des petits boulots dans un garage ou un autre et quand j'aurai réuni assez d'argent, moi aussi je m'offrirai une vieille voiture. Et je poursuivrai le voyage. Ne faites pas cette tête d'enterrement, même si c'est de circonstance. J'ai passé de beaux moments avec vous, même sur le bateau, ce petit déjeuner n'était pas si terrible que ça. Et puis chaque fois que vous apercevrez un petit avion dans le ciel, vous penserez un peu à moi. Et dans mon voyage, chaque fois que je passerai devant une ferme, c'est à vous que je penserai. Parfois, dans des virages, je vous imaginerai assise à mes côtés. Peut-être même que je vous ferai un brin de conversation. Ceux qui me doubleront croiront que je suis un peu fou de parler tout seul, et ça me rendra heureux, parce que ce brin de folie, c'est à vous que je le dois. C'est important de préserver la mémoire, le souvenir des moments calmes qu'on a vécus dans des vies qui ne le sont jamais, parce que là, on arrache un peu de temps à l'éternité.

Adèle le regarda longuement avant de lui répondre.

— Tu as déjà attendu quelqu'un ? demanda-t-elle. C'est important d'apprendre à attendre… Nous devons repartir maintenant, la roue est réparée et il nous reste encore un peu de chemin à faire avant de nous dire au revoir.

❋

Lorsqu'ils reprirent la route, Jeremy fut incapable de faire la conversation à Adèle ; pourtant rien ne lui paraissait plus important que de lui parler, mais les mots ne sortaient pas de sa gorge. Lui qui avait été si téméraire jusque-là, ne parvenait pas à comprendre ce qui lui arrivait, ni comment on pouvait éprouver autant de peine. Il repensa à Camille, depuis le moment où elle était apparue à la ferme, jusqu'au jour où elle lui avait dit au revoir d'un geste de la main, alors qu'il attendait le cœur battant qu'elle coure à sa rencontre pour l'embrasser près de cette foutue barrière. Il repensa au soir où il était entré dans l'atelier de son père qui n'avait pas répondu quand il l'avait appelé. Il repensa enfin à tous les gestes que sa mère n'avait pas eus pour lui et qu'il avait attendus si longtemps ; mais rien de tout cela n'avait provoqué le désarroi qui le saisissait, depuis bientôt deux heures, reclus dans son silence aux côtés d'Adèle.

Ce n'est qu'en approchant du village qu'il comprit, en regardant vers le ciel, les yeux mi-clos à cause du soleil qui frappait le pare-brise, ou parce qu'il ne voulait pas que le monde y entre pour voir plus clairement ce qui lui avait échappé. Soudain, ce qu'il avait pris pour du chagrin lui apparut être tout le contraire et il sentit monter en lui une chaleur inconnue. Jeremy aimait une femme comme il n'avait encore jamais aimé, et quand bien même cet amour-là était impossible, interdit, il existait. Et personne ne pourrait le lui enlever. S'il restait silencieux, c'était parce qu'il n'y avait pas de mots pour partager ce secret. Qu'est-ce que cela changerait ? Il l'aimait trop tôt, trop jeune. La lucidité le ramenait à la réalité. Il était si différent de ce qu'une femme comme elle pouvait attendre d'un homme, elle qui devait trouver dans sa simplicité un je-ne-sais-quoi de rassurant, ou de quoi se rattacher à la terre quand Gianni l'avait élevée trop haut. Et comment l'empêcher de continuer à aimer cet homme qui l'avait pourtant quittée ?

— Tu es bien silencieux, dit-elle en entrant dans le village. À quoi penses-tu ?

— Aux choses que l'on ne sait pas faire, alors que rien n'interdit de les apprendre, voilà.

— En effet, rien ne l'interdit… Tu as l'intention de faire carrière dans le jazz ou de changer carrément d'instrument ?

— Carrément… Ça, c'est un mot que je ne pensais pas vous entendre dire. La musique religieuse, ce n'était pour moi qu'un boulot. J'ai toujours joué du jazz ; une fois, je me suis même amusé à en jouer à l'orgue pendant une messe. Nous avions fait un pari avec le pasteur et il avait perdu. Son gage était de me laisser interpréter un morceau de Mingus entre deux psaumes.

— Et c'était beau ?

— C'était étrange.

— Et sinon, à quoi pensais-tu vraiment ?

— Je me demandais si l'on pouvait apprendre la liberté. S'affranchir de ses peurs et du conformisme. On doit bien trouver, ailleurs que dans les livres, une façon de vivre.

— Tu veux dire d'aimer ?

— Oui, quelque chose comme ça. Pourquoi les héros de roman auraient-ils plus de courage que nous ?

— Parce qu'ils n'ont pas réellement de lendemains, ils n'existent que le temps d'une histoire.

— Justement, c'est parce que leur existence est limitée qu'ils n'ont pas peur. L'écrivain a conscience que leur temps est compté ; nous aussi, notre existence est limitée, mais nous nous comportons comme si ce n'était pas le cas.

— Où veux-tu en venir, Jeremy ?

C'était la première fois qu'elle prononçait son prénom, cela créa une intimité particulière qu'Adèle remarqua aussitôt. Elle avait aimé l'appeler ainsi et guettait sa réponse.

— Vous n'avez pas songé que si vous aviez échoué avec votre horloge capable d'accélérer le temps, c'était peut-être parce que vous n'aviez pas trouvé toutes les pièces du mécanisme ?

— C'est possible en effet, mais le plus probable est que ce mécanisme appartienne à la légende. J'y ai cru parce qu'à cette époque, j'avais besoin de croire en quelque chose. Pourquoi repenses-tu à cela ?

— J'ai mes raisons. Admettons que nous soyons deux personnages nés de l'imaginaire d'un écrivain, une femme par exemple.

— Pourquoi une femme plutôt qu'un homme ?

— Parce qu'elles se remettent plus facilement en question. Imaginez encore qu'au milieu du récit et au moment d'attaquer un nouveau chapitre, cette écrivaine soit prise d'un doute. Elle s'est trompée sur ma personne, ou plutôt sur mon physique, et d'un trait de crayon ou de plume, elle décide de me vieillir. Est-ce que cela changerait tout ?

— Si tu peux intervenir, je préférerais qu'elle me rajeunisse... Pourquoi souris-tu comme ça ?

— Regardez la route, c'est plus prudent. Je souris parce que vous venez de souhaiter le contraire de ce que vous avez toujours cherché. Peut-être que je vous fais du bien.

— Mais les personnages de roman ne rêvent pas d'eux-mêmes, contrairement à nous.

— Ce qui nous ramène à ma question, pourquoi sont-ils plus libres que nous ?

— C'est ton écrivaine qui leur offre cette liberté.

— Vous pensez que vous n'êtes pas maître de votre vie ?

Adèle se rangea sur le bas-côté et se tourna vers Jeremy, avec étonnement. Aucun homme ne lui avait posé une question qui l'ait plongée dans une telle réflexion.

— Mais qui es-tu pour raisonner de cette façon ?

— Je croyais que c'était votre sport favori de deviner qui étaient les gens ?

Adèle enclencha une vitesse, et se lança sur la route.

— Tu n'as pas besoin que l'on te vieillisse Jeremy, tu es bien plus grand que tu ne l'imagines.

— Peut-être, mais en attendant, nous avons dépassé le village où vous deviez me déposer.

— Je sais, je ne suis pas idiote, mais je n'arrive pas à me faire à l'idée de te dire au revoir. Quand nous arriverons devant la maison de Gianni, tu m'attendras dans la voiture. Je n'ai pas l'intention de m'éterniser.

12.

La maison ressemblait à toutes celles du pays, mais dès qu'il l'aperçut, Jeremy sut qu'ils étaient arrivés. Le visage d'Adèle s'était fermé lorsqu'ils avaient quitté la route pour emprunter le sentier qui grimpait sur la colline.

À leur approche la blancheur de la bâtisse paraissait de plus en plus éclatante. Après avoir franchi la grille, ils s'engagèrent dans une allée bordée de hauts cyprès, les pneus de la Giulia crissaient sur les graviers qui avaient succédé au chemin de terre. Adèle arrêta la voiture devant le perron. La chaleur de l'après-midi était écrasante.

— Cet endroit ne vous ressemble pas, souffla Jeremy.

— Il fait toujours très frais à l'intérieur, répondit Adèle, d'une voix absente. On doit cela aux toits en tuiles et aux murs épais. C'est bien joli en été, mais l'hiver, le froid est à peine supportable. La porte d'entrée grince quand on la pousse, j'ignore pourquoi personne n'a jamais pensé à en graisser les gonds. Dans le hall, il faut faire très attention où l'on met les pieds, les tomettes sont irrégulières et si anciennes qu'elles peuvent se fendre sous nos pas. On ne peut pas les remplacer. La cuisine est immense ; celle de mon enfance était tellement étroite que ma mère disait que si un rayon de soleil devait entrer par la fenêtre, il n'y aurait plus assez de place pour nous trois. Je m'y faufilais pourtant, parce que j'aimais quand elle y préparait les repas, ce qui n'était pas souvent le cas... De l'autre côté du hall, le bureau de Gianni occupe tout le salon. Sa table de travail fait face à une cheminée en pierre où, l'hiver, le feu crépite jusque tard dans la nuit. À l'étage...

— Je ne tiens pas à visiter l'étage, l'interrompit Jeremy.

Adèle se comportait comme une femme qui rentre chez elle après un long voyage.

— Et je ne tiens pas non plus à entrer, mais si vous ne vous sentez pas la force d'y aller seule...

— Attends-moi ici, ce ne sera pas long, dit-elle alors que la gouvernante apparaissait en haut du perron.

Adèle ouvrit la portière et s'avança vers elle.

*

La gouvernante l'accueillit en s'excusant que la maison ne soit pas prête pour la recevoir, elle attendait son arrivée le lendemain. Adèle demanda où *il était* et elle lui apprit qu'il avait vécu ses derniers mois dans son bureau. Un lit y avait été installé depuis qu'il ne pouvait plus monter à l'étage. La gouvernante s'inquiéta de savoir si Adèle voulait s'y rendre. Adèle leva les yeux vers le grand escalier et répondit que non.

*

Les rideaux étaient tirés, il en avait exprimé le souhait, afin que la lumière ne pénètre pas dans la pièce quand Adèle y entrerait, mais le ciel était si bleu dehors que le jour traversait par endroits les tissus usés.

Il reposait sur son lit dans ce clair-obscur. La peau de son visage tombait sur son menton, comme du papier froissé, comme s'il y en avait trop pour recouvrir son ossature. Sur ses joues, derrière une barbe clairsemée, apparaissaient des cicatrices à l'endroit où il se rasait. Ses sourcils avaient épaissi, formant deux traits gris et noir au-dessus de ses yeux clos. Ses lèvres étaient légèrement entrouvertes, comme s'il s'apprêtait à parler.

En le découvrant ainsi, Adèle se mit à trembler, un spasme qui l'avait saisie de l'intérieur, elle voulut lui prendre la main, mais il était trop tard, et ce depuis longtemps, bien avant que la mort l'emporte.

Elle s'assit sur une chaise pour le regarder, mais son esprit était ailleurs.

— J'aurais dû connaître l'homme que tu allais devenir, je t'ai perdu vingt ans avant ta mort. Aucune femme ne devrait avoir à vivre cela. Aujourd'hui encore je cherche à comprendre pourquoi tu as agi ainsi. Tu jurais que c'était par amour pour moi, j'ai fini par me dire que c'était ta fierté qui m'imposait ce sacrifice. Était-ce moi que tu aimais tant ou la façon dont je t'aimais ? Tu disais vouloir mon bonheur, mais les premières années de notre absence furent terribles ; chaque fois que je me regardais dans un miroir, j'y voyais ton abandon, nos renoncements et je me sentais coupable. J'ai pris ma revanche sur ce vieux con d'Alberto, tu aurais dû voir la scène. Tu savais bien que ce n'étaient pas les rosiers sauvages qui avaient griffé ma poitrine, ni cette chute à bicyclette, que j'avais inventée, qui avait causé les bleus sur mes épaules. À l'époque, j'ai voulu croire que tu n'avais rien fait afin de protéger ma dignité. Je suis venue te remercier du bonheur que nous avons connu ensemble, mais aussi de m'avoir permis de rencontrer un homme qui m'a appris que mon courage pouvait égaler le tien.

Adèle se leva et s'approcha de Gianni. Surplombant le lit où reposait son corps, elle revit un court instant l'homme qu'elle avait aimé. Elle se pencha pour poser un baiser sur son front et s'en alla.

Quand elle sortit de la maison, elle n'entendit pas la porte grincer, mais le chant des cigales, elle ne vit que la couleur flamboyante de la voiture garée devant le perron et le visage souriant de Jeremy qui l'attendait, assis sur le capot, jambes croisées.

13.

Ce soir-là, après avoir roulé jusqu'à la fin des plaines, ils rencontrèrent la mer. Jeremy avait pris le volant et il rangea la Giulia sur le port. Ils marchèrent côte à côte en admirant les chalutiers qui revenaient du large. Lorsque le soir tomba, il invita Adèle dans un bistrot de pêcheurs. La salle avait un charme fou. À la fin du dîner, c'est elle qui régla la note, après avoir promis qu'elle le laisserait la rembourser dès son premier salaire. Ils montèrent ensemble à l'étage en se moquant éperdument des gens qui, d'ailleurs, ne faisaient pas attention à eux.

Cette nuit-là, en entrant dans la chambre, Adèle ne chercha pas son reflet dans le miroir, elle avait trouvé dans les yeux de l'homme qui la contemplait quelque chose d'aimable à se dire. Quelque chose qui lui disait qu'il s'agissait aussi d'amour. Un homme qu'elle pourrait faire rire comme il la faisait rire et qui lui avait appris que dans une vie, il n'y a pas de bonheur sans risque.

Il se tenait près de la fenêtre, ne sachant que faire ; sa jeunesse le rendait maladroit. Adèle s'approcha et prit sa main.

— Je ne t'ai pas dit la vérité ; ce matin dans la voiture, j'ai caressé ton visage parce que j'avais envie que tu m'embrasses.

Elle voulut s'éloigner, mais Jeremy ne pouvait pas la laisser partir ainsi, alors il fit le premier pas.

Cette nuit-là, Adèle et Jeremy firent l'amour. Plus tard, elle se leva pour aller lui chercher un verre d'eau sans qu'il ait rien demandé.

Elle avait entendu l'histoire de gens qui s'étaient rencontrés au bon et au mauvais moment, de gens qui s'aimaient d'un amour calme, de ceux qui avaient pensé « au début j'ai tout raté » et puis ensuite…

Jeremy entendit qu'elle pleurait et s'excusa. Il lui dit qu'il ne voulait pas qu'elle soit malheureuse à cause de lui.

— Idiot, je pleure seulement parce que c'était trop fort, répondit-elle. N'allume pas, je t'en prie. Je préfère que tu ne me voies pas nue.

— Pourquoi ? Vous l'étiez quand je vous tenais dans mes bras.

— Toi et tes pourquoi ! … Parce que quand l'imagination rencontre la réalité, ça fait parfois des dégâts. Viens avec moi jusqu'à la fenêtre.

Adèle ouvrit les battants et repoussa les volets. Ensemble ils écoutèrent la mélodie du ressac.

Jeremy pointa le ciel du doigt, admirant les étoiles.

Alors Adèle murmura :

— Éteignez tout et la vie s'allume.

Remerciements

À
Mes parents.
Pauline, Louis, Georges et Cléa.
Lorraine.
Susanna Lea, Léonard Anthony.
Emmanuelle Hardouin.
Antoine Caro, Sophie Charnavel, Céline Poiteaux.
Sandrine Perrier-Replein, Lætitia Beauvillain, Marie-Odile Mauchamp, Florence Collin, Joël Renaudat, Céline Ducournau, toutes les équipes des Éditions Robert Laffont.
Pauline Normand, Marie-Ève Provost.
Sébastien Canot, Capucine Delattre, Mark Kessler, Xavière Jarty, Carole Delmon.
Lauren Wendelken, Susie Finlay, Neyla Downs, Una McKeown.
Sarah Altenloh.

Merci à Sylvain Tesson, dont une phrase a inspiré mon titre.

Composition et mise en pages
Nord Compo à Villeneuve-d'Ascq

#lisez! engagé
www.lisez.com
Pour plus d'information :
Imprimé sur du papier issu de forêts gérées durablement.

Imprimé en Espagne par Liberdúplex
en septembre 2023
N° d'impression : 111763

POCKET – 92, avenue de France, 75013 Paris

S33659/01